Le jeune homme en culotte de golf

Du même auteur
aux Éditions J'ai lu

AU TEMPS OÙ LA JOCONDE PARLAIT
N° 3443

L'EMPEREUR
N° 4186

LES DÎNERS DE CALPURNIA
N° 4539

LA FONTAINIÈRE DU ROY
N° 5204

LES OMBRELLES DE VERSAILLES
N° 5530

LES CHEVAUX DE SAINT-MARC
N° 6192

LE PRINTEMPS DES CATHÉDRALES
N° 6960

DEMOISELLES DES LUMIÈRES
N° 7587

LA CHEVAUCHÉE DU FLAMAND
N° 8313

249, FAUBOURG SAINT-ANTOINE
N° 8464

MOI, MILANOLLO, FILS DE STRADIVARIUS
N° 8767

Jean
DIWO

Le jeune homme en culotte de golf

ROMAN

© Flammarion, 2008

Avant-propos de l'éditeur

Qu'il était doux, le parfum de l'enfance, dans ces années 1920-1930 où le progrès faisait rêver, où les métiers héritiers de la tradition défendaient un savoir-faire transmis de génération en génération mais s'adaptant au monde en marche.

Qu'elle était attachante, cette famille truculente racontée par Jean Diwo dans *249, faubourg Saint-Antoine*[1], le roman d'un quartier qui avait une âme, celle des gens du bois, des descendants de Boulle, de Riesener, de Jacob.

Qu'elles étaient envoûtantes, ces pages intimes « arrachées à un passé déjà bien estompé » qui touchèrent le public parce qu'elles le plongeaient dans l'atmosphère si particulière de la jeunesse revisitée de l'auteur, les aidant à entendre le bruit de la varlope, à humer l'odeur de la colle d'un lieu disparu et à pénétrer un monde que chacun aurait aimé connaître.

Qu'il résonne en nous, ce livre touchant doté de la plus belle richesse littéraire qui soit – celle de posséder l'art de faire revivre avec tendresse

---
1. Flammarion, 2006 ; J'ai lu, 2007.

un enfant qui avait la passion des êtres, des autres, et auquel on avait enseigné les vertus du travail bien fait comme la modestie du talent – sans pour autant sombrer dans la nostalgie.

*
* *

Désormais, comme vous allez le découvrir, le garçon du *249, faubourg Saint-Antoine* a grandi. Pour devenir un *Jeune homme en culotte de golf* qui fait ses armes dans la presse, endure les affres de la guerre, rencontre de nombreuses personnalités mémorables, devient aide impresario, pilier du *Parisien Libéré*, figure du *Paris Match* de la grande époque, fondateur de *Télé 7 Jours*…

Pour autant, Jean Diwo n'écrit pas ici le second tome de *ses* mémoires. Car il n'en a qu'*une*, courtisée avec humour et élégance pour en extraire les fragments les plus singuliers.

Une mémoire riche, chaleureuse et délicieusement humaine – qualité rare –, traversant une France baignée d'espoir, racontant avec charme et esprit le parcours d'un grand journaliste devenu écrivain heureux.

Thierry Billard

Paris-Soir chrono

Quinze A, trente zéro, set et jeu...
Nous n'étions pas à Roland-Garros en train de regarder les « Mousquetaires » battre les champions américains mais attablés à la terrasse de *Capoulade*, alors haut lieu du Quartier latin. Pour tout vous dire, entre deux gorgées de bière fraîche, nous disputions une plaisante partie de tennis-barbe. Gauche droite, gauche droite, nos regards jouaient l'essuie-glace dans le flux et le reflux des passants, nombreux à cette heure de la journée. Un point était marqué par le premier qui apercevait un barbu et annonçait « barbe », jeu innocent alors en vogue chez les étudiants. Il faut reconnaître qu'en ces années trente les barbes rousses, blanches, noires, frisées ou à deux pointes, fleurissaient dans les rues de Paris comme coucous au bois de Meudon.

J'ai oublié qui a perdu et a payé les demis de bière, mais je me souviens qu'entre deux gamineries nous avons, ce jour-là de 1935, échangé des propos sérieux. Nous cherchions, mon ami Pierre et moi, vingt ans à Noël, un emploi pas trop contraignant qui nous aiderait à vivre confortablement nos états d'étudiants. Mes parents, comme la maman de Pierre, qui était veuve, nous assuraient le vivre et le couvert mais ne pouvaient nous donner l'argent inappréciable du mieux-être, celui qui permet d'honorer l'addition du plus modeste restaurant de la rue de la Huchette ou d'inviter une petite amie au Panthéon pour voir le dernier film de Kinstermarker ou admirer pour la énième fois *L'Opéra de quat'sous* de Pabst.

— J'ai réfléchi, dit Pierre, je vais essayer de me faire attribuer un poste d'instituteur suppléant. Nous avons pour voisin un M. Bertrand qui est inspecteur d'Académie et échange avec maman des bulbes de dahlias. Il devrait arriver à me trouver des remplacements dans des écoles pas trop moches. Je parviendrai à suivre ainsi avec une certaine aisance mes études de droit – les cours imprimés ne sont pas faits pour les rhinocéros – en attendant de passer le concours d'administrateur civil dans un grand ministère. Cela ne te dit pas un petit séjour dans l'enseignement ?

Cela ne me disait vraiment rien.

— Non, répondis-je. Je n'éprouve aucune envie de parler de Clovis et du futur antérieur à des mômes insupportables. Toi, tu es né fonctionnaire. Exactement ce que mon père souhaiterait. Il rêve pour moi d'une bonne situation stable à la Poste ou aux Chemins de fer avec avancement à l'ancienneté et la retraite assurée pour finir mes jours. Remarque, je serai peut-être obligé de te suivre et de devenir pion pour payer mon écot quand je dînerai avec toi mais, avant, je vais tout essayer pour dénicher un emploi dans un journal. Tu veux devenir fonctionnaire au ministère du Travail, moi, je souhaite écrire des articles sur le Tour de France !

— Je sais, je sais, dit Pierre avec son bon sourire. Mais, sans appui, tu vas avoir du mal à réaliser ton rêve. En attendant j'annonce trente-quinze. Regarde ce monsieur qui pousse sa barbe à la Victor Hugo en bordure du trottoir !

Je pestai de m'être fait lober et vidai ma chope à la réussite de nos projets.

— Dès demain, proclamai-je crânement, je pars à la conquête de la presse parisienne.

*
* *

Ma passion pour les journaux venait de loin.

D'abord d'un plaisir naturel d'écrire, ensuite parce que j'avais toujours été habitué à vivre dans une maison où la presse tenait une place dévorante. Le matin, ma mère rapportait *Le Journal du marché*, René, mon frère, *Paris-Midi* quand il venait déjeuner. Et mon autre frère, André, *L'Auto*. Quant à mon père, il achetait *Paris-Soir* en fin de journée.

Rien d'étonnant, dès lors, qu'élevé dans une famille de papivores, je fusse tenté par le journalisme !

*
* *

Le temps m'était compté car le pécule constitué en remplaçant durant l'été un vendeur de chez Rinck, l'ébéniste d'art du faubourg Saint-Antoine, ami de mon père, approchait de l'épuisement. Mais à quelle porte frapper ?

Les quotidiens ne manquaient pas en ce temps-là et je savais que j'aurais plus de chance en proposant mes services à des journaux au tirage confidentiel, lesquels me rémunéreraient en payant juste mes tickets de métro mais par bravade et passion, je choisis de viser haut. Et de tenter plutôt ma chance à *L'Auto*, le quotidien sportif au papier jaune, au *Matin* ou au *Petit Parisien*. Et pourquoi pas à *Paris-Soir*, ce quotidien nouveau qui révolutionnait la presse française et atteignait le tirage record de trois millions d'exemplaires ?

Je n'allais pourtant pas jouer dès le lendemain mon petit Rastignac. Encore me fallait-il préparer le terrain et connaître mieux mon sujet. J'achetai donc les quotidiens du jour pour me faire une idée et m'installai dans ma chambre sous l'œil goguenard de Mercure[1]. Tranquillement, religieusement presque, je disséquai les pages qui embaumaient l'encre d'imprimerie encore fraîche. J'eus vite fait de penser que je n'écrirais pas mon destin dans les colonnes de *L'Ère nouvelle*, de *L'Aube* ou des *Nouveaux Temps*, organes trop politiques et engagés à mon goût. En revanche, les pages sportives de *Paris-Soir* m'attiraient irrésistiblement. Je les dévorais, il est vrai, presque tous les jours, et connaissais

---

1. Voir *249, faubourg Saint-Antoine, op. cit.*

les signatures de Robert Marchand, de Jean Eskenazi, de Paul Olivier et, naturellement, de Baker d'Isy spécialiste de cyclisme, mon sport favori.

Jamais pourtant, pensais-je en me renfrognant, Gaston Bénac, le patron du service, grand personnage du journalisme et de la vie parisienne, ne me recevrait sur un simple coup de fil ou une visite impromptue. Et même si je réussissais à capter son attention quelques secondes, que lui dirais-je ? J'eus alors conscience que, pour me faire entendre d'un dieu du stylo, mieux valait préparer mon chapelet et me présenter avec quelques idées dans ma besace. Une pensée en amenant une autre, je me rappelai l'existence d'un cousin éloigné, ancienne vedette des Six-Jours, qui, après avoir raccroché, tenait une boutique de sports à Levallois où il animait un vélo-club célèbre, pépinière de champions. Ragaillardi par cette soudaine porte de sortie – ou plutôt d'entrée, devrais-je dire –, gonflé à bloc, je décidai d'aller sans attendre lui demander conseil. Et enfourchai la bécane qui, au grand dam de ma mère, encombrait l'entrée.

*
* *

Georges Faudet me reçut chaleureusement dans son magasin constellé de portraits dédicacés et, à mon grand soulagement, ne me découragea pas une seconde.

— Tu as raison d'essayer *Paris-Soir*, il ne faut jamais être mesquin dans ses espoirs. Va voir de ma part Baker d'Isy. C'est un gentleman, un grand journaliste qui lâche les pelotons tous les ans durant un mois – ou plus – pour faire un reportage à l'autre bout du monde. Destiné à *Paris-Soir* bien sûr. En dehors de son côté Albert Londres, c'est le maître de la littérature cycliste, le Flaubert du vélo. Il n'y a que les Pygmées ou les chasseurs de baleines pour lui faire oublier André Leduc ou Antonin Magne.

— Vous croyez que je peux me présenter en lui annonçant, tout de go : « C'est moi, je veux devenir journaliste sportif » ?

— Non, rit-il. Il faudra évidemment te montrer un peu plus habile. Tu ne vas pas te ridiculiser en lui demandant de couvrir Paris-Roubaix ou le Tour de France. Tiens, dis-lui plutôt que tu dois suivre, dimanche prochain, dans ma voiture, la course Paris-Mortagne. C'est une gentille épreuve qui a trouvé sa place dans le calendrier et à laquelle participent des professionnels et les meilleurs amateurs. Propose d'en assurer le compte rendu. S'il n'a pas déjà désigné quelqu'un, peut-être te donnera-t-il une chance. À toi de jouer mon garçon.

*
* *

C'est ainsi que je me suis retrouvé le lendemain matin rue du Louvre, devant le building flambant neuf de *Paris-Soir*, un immeuble Art déco tout blanc qui en jetait au cœur du vieux quartier Montorgueil.

J'ai observé un moment, de loin, les gens pressés entrer et sortir puis me suis décidé à franchir le seuil du hall, où je fus dépassé par un grand monsieur maigre, coiffé d'un feutre noir et vêtu d'un imperméable blanc. Les gardiens le saluaient avec respect et je le regardai se diriger vers l'un des deux ascenseurs aux lourdes portes de fer forgé quand il se retourna et me lança : « Montez donc avec moi ! »

Jusqu'au quatrième étage, où il descendit, il eut le temps de me demander où j'allais. J'avais répondu sans hésiter « aux Sports » et il avait ajouté :

— Je ne vous connais pas. Moi, je suis Jean Prouvost.

Le nom de ce personnage qu'on disait l'un des plus puissants de France ne m'était naturellement pas inconnu. Je restai bouche bée, oubliant presque de sortir quand l'accordéon de la porte s'ouvrit au cinquième. La minute d'escalade avec le patron de *Paris-Soir* ne faisait pas avancer d'un pouce mon entreprise mais j'y vis un signe favorable qui me donna le courage de frapper à la double porte d'acajou où des lettres d'or marquaient la frontière de mes rêves.

« Service des Sports ».

*
* *

On ne frappe pas à la porte d'une salle de rédaction, on entre en disant « salut ! »

Je l'ignorais et dus vaincre une dernière hésitation avant de franchir le pas qui me plongeait dans le saint des saints, une pièce qui me parut immense, pleine de types en bras de chemise téléphonant, écrivant, s'apostrophant. Parmi tous ces hommes, une seule femme, quadra aux cheveux courts, installée près de l'entrée, tapait une lettre sur une vieille machine à écrire démodée, anachronique dans ce lieu voué au modernisme. Elle fut la seule à remarquer mon embarras et à m'adresser la parole entre deux rafales de Remington :

— Vous cherchez quelqu'un ?

— Oui madame. Je souhaite m'entretenir avec M. Baker d'Isy.

Elle me regarda en esquissant une grimace que je pris pour un sourire et m'indiqua du doigt un personnage un peu chauve.

— Baker, c'est ce gentleman en tweed qui a le nez en l'air et semble attendre son whisky. Mais rien n'est plus faux, voici le seul journaliste sportif qui ne boit jamais une goutte d'alcool.

Sur ces mots, sans se soucier plus de moi, elle recommença à taper sur son clavier aux lettres délavées.

Le moment fatidique était venu. Je m'avançai et me plantai devant M. Baker d'Isy qui leva vers moi un regard interrogateur.

*
* *

J'avais soigneusement préparé mon affaire, répété et ordonné dix fois mes arguments mais là, intimidé, je m'empêtrai dans mon discours et me mélangeai les pédales entre le cousin Faudet, mes études de lettres et ma passion pour le vélo. Finalement Baker m'interrompit :

— Si je comprends bien, Georges Faudet, un fameux acrobate de la piste, aimerait vous voir suivre dimanche prochain pour *Paris-Soir* la course Paris-Mortagne ?

J'opinai sans rompre le silence qui suivit. Enfin, il poursuivit :

— Vous aimez le vélo, vous êtes étudiant, je pense que vous écrivez mieux que vous parlez...

Il sembla hésiter, me regarda et lâcha la réponse que je n'osais espérer :

— Eh bien, c'est d'accord !

Je crus que la moquette de M. Prouvost s'envolait sous mes pieds. Je balbutiai quelques mots de remerciements et entendis à peine Baker d'Isy me préciser :

— Vous appellerez en PCV le service des sténos et dicterez trente lignes à midi, puis encore trente lignes après l'arrivée. Tenez, je vais vous mettre cela par écrit.

Sur une fiche – que j'ai gardée longtemps comme un porte-bonheur –, il écrivit les heures d'appel et le numéro de téléphone de *Paris-Soir*. C'était Turbigo 52-00, l'indicatif magique de mon destin.

*
* *

Comme tout avait été simple ! Sorti de mon émoi, je manifestai de manière audible ma reconnaissance envers Baker qui me salua de la plus agréable façon :

— Si cela marche, on essaiera de vous occuper les autres dimanches.

En me retournant vers la sortie je reconnus parmi les journalistes présents, parce qu'il figurait souvent sur les photos, un géant serré dans un veston bleu marine, un œillet rouge à la boutonnière. Paul Olivier, dont l'accent marseillais sonnait comme un violoncelle dans la salle de rédaction, plaisantait avec la secrétaire qui m'arrêta au passage :

— Alors ? Vous avez vu Baker ?

Je répondis qu'il venait de me confier mon premier travail de pigiste. Cela sembla lui plaire. Quant à Paul Olivier, il accueillit la nouvelle comme s'il s'agissait d'un événement capital. Il me donna une formidable tape sur l'épaule qui me fit vaciller et dit :

— Tu réussiras, petit, car tu as une tête de gagneur. Soigne ton style et je m'arrangerai pour te donner moi aussi du travail.

*
* *

Tant de choses m'étaient arrivées en une heure que j'éprouvai le besoin de souffler. Je m'arrêtai à la terrasse de la *Brasserie de la Bourse* et commandai un crème ainsi qu'un sandwich jambon beurre. De quoi me soutenir durant le cours de psychologie de M. Alfred Malfroy et me faire patienter jusqu'au dîner prévu avec Pierre chez *Marchessoy*.

Marchessoy, c'était toute une histoire. Nous avions découvert un soir par hasard, en sortant du ciné, ce bougnat de la rue de la Montagne-Sainte-Geneviève et avions été séduits par la gentillesse des patrons et la modicité des prix qu'ils pratiquaient. De surcroît, la cuisine de son épouse était épatante.

Quand nous entrâmes ce soir-là avec l'idée de fêter dignement mes prochains débuts dans le journalisme, la patronne accueillait deux jeunes filles, plutôt jolies, que nous avions déjà remarquées à la terrasse de *Capoulade*.

Comme elle le faisait pour chaque nouveau client, Mme Marchessoy mettait les choses au point :

— Ici, mesdemoiselles, il n'y a pas de nappe mais le marbre est propre, passé à la javel à chaque service. Et la cuisine, c'est celle de chez nous !

Tout était dit. L'hôtesse pouvait venir nous embrasser et annoncer le menu :

— Pour commencer, un bouillon de potée qui n'a pas les yeux dans sa poche. C'est du bon gras. Poule et cochon de la montagne. Quant au vin – je dis cela pour les demoiselles –, il est auvergnat comme le reste. Mon mari l'achète à son cousin, un vigneron de Chanturgue. Ne me demandez pas un chambertin, je n'en ai pas. Pour la suite, vous verrez entre l'agneau de Chaudes-Aigues braisé et la truffade.

Les filles n'étaient pas des mijaurées. Elles semblèrent enchantées et dirent en déployant leur serviette à carreaux rouges qu'elles prendraient le mouton d'Auvergne et seraient ravies de découvrir le bouquet du chanturgue.

La salle était petite – jamais plus de douze couverts sinon la cuisine ne suit pas, grognait la patronne –, et nos tables proches. Pierre, qui avait l'âme conviviale, ouvrit la conversation.

— Mesdemoiselles, bienvenue chez *Marchessoy* ! Nous y avons nos habitudes et pouvons vous assurer que vous êtes entrées au paradis des étudiants impécunieux. Mais peut-être n'êtes-vous ni étudiantes ni dépourvues. Dans ce cas improbable vous goûterez l'ambiance chaleureuse et l'excellence de la cuisine du meilleur bougnat parisien.

Elles répondirent en riant qu'elles étaient étudiantes et se nommaient Sorella et Cécile. La plus grande ajouta que Mme Marchessoy ne l'avait pas reconnue mais qu'elle était venue deux ou trois ans auparavant avec ses parents. Et elle stipula, de sa voix un peu traînante et comme s'il s'agissait de M. Quelconque « ...et Picasso ».

— L'Espagnol ? s'enquit Mme Marchessoy dont l'oreille traînait. Il y a bien longtemps que nous ne l'avons vu !

Picasso ! Il y avait de quoi être surpris. Nous nous regardâmes et Pierre hasarda quelques questions que les demoiselles ignorèrent. Cécile précisa seulement :

— C'était au temps où Pablo fit mon premier portrait.

En revanche, nous apprîmes tout sur l'institution Dupanloup, à Fontainebleau, où elles venaient de passer trois ans avec pour compagnes de classe des filles d'ambassadeurs, la nièce du roi de Siam et des héritières de bonne famille.

Malgré ces allusions horripilantes à un milieu huppé qui nous était bien étranger, nous passâmes avec les deux amies gentiment snobinardes une soirée pas idiote. Sorella était passionnée de cinéma et Cécile, qui laissait affleurer des idées de gauche, semblait connaître tous les peintres et les surréalistes. On se quitta vers onze heures en promettant de se revoir un jour prochain chez *Capoulade*.

Avec cette rencontre et mon raid à *Paris-Soir* dont on n'avait pas eu le temps de beaucoup parler, nous avions, Pierre et moi, de quoi discuter sur le chemin du retour. Le long d'un itinéraire que nous connaissions bien, notre habituelle promenade nocturne dans un Paris désert nous conduisant à la Bastille, terminus du 114 qui nous ramenait, Pierre à Nogent, et moi faubourg Saint-Antoine.

Nous nous posâmes maintes questions sur les demoiselles de Fontainebleau. Pierre les jugeait chichiteuses, surtout Cécile qui usait trop du charme de son élocution un peu mièvre.

— Ne trouves-tu pas prétentieux de balancer dans la conversation le nom de Picasso pour nous en mettre plein la vue ?

Je pensais, de mon côté, que Pierre manquait de nuance et qu'il serait plaisant de mieux connaître ces filles d'un autre monde.

— Avec ses grands yeux qui mangent sa jolie frimousse, Sorella a quelque chose de mystérieux. Bien qu'elle n'ait pas d'accent, je suis certain qu'elle est d'origine étrangère. Roumaine, Bulgare, Hongroise ?

— Pourquoi pas Slavonne ? rétorqua Pierre. Elle est de Paris, mais d'un beau quartier !

Nous en restâmes là car le bus arrivait au carrefour Faidherbe-Chaligny. Je laissais mon ami continuer vers La Maltournée, terminus de la ligne, proche de chez lui. Il lui restait vingt minutes pour se plonger dans son manuel de droit. J'eus, moi, un mal fou à m'endormir, rêvassant que je pédalais comme un champion vers la ligne d'arrivée et qu'une jeune fille qui ressemblait à Sorella me remettait le bouquet du vainqueur. Mais n'était-ce pas déjà une victoire d'écrire trente lignes dans le plus grand journal français ?

*
* *

Lise Gauty et Damia pouvaient bien seriner *Sombre Dimanche* sur toutes les ondes des radios, le mien s'annonçait radieux le long des 150 kilomètres qui menaient à Mortagne, une modeste sous-préfecture du Perche dont j'ignorais jusque-là l'existence et qui était devenue subitement mon eldorado, ma terre promise.

Autant la salle de rédaction de *Paris-Soir* m'avait paru un objectif inaccessible, autant chiper des reflets imagés sur le dos des coureurs ployés sur leur guidon me semblait facile.

Dès huit heures, j'étais fin prêt. Après réflexion, j'avais mis ma culotte de golf. Passée de mode au Quartier latin, elle me paraissait indiquée pour suivre une course cycliste. Gaston

Bénac n'arborait-il pas, pendant le Tour de France, des knickerbockers à larges carreaux de couleurs vives ?

Je glissai dans la poche de ma veste le bloc-notes à spirales et le crayon que je venais d'acheter, lançai un salut amical à Mercure et embrassai les parents. Une demi-heure de métro, le temps de lire *L'Auto* où ma course était annoncée en page 2, et je retrouvai Faudet qui briquait devant son magasin la BSA anglaise décapotable jaune citron, souvenir du temps encore proche où il était star des Six-Jours de Paris et de Chicago.

— Je suis content, me dit-il, de t'avoir bien guidé. Tu vas voir, c'est grisant de suivre une course collé au peloton, dans le bourdonnement des roues et des pignons. Ah ! j'y pense, quand je te présenterai aux dirigeants et aux principaux concurrents, ne dis pas que Paris-Mortagne est ta première expérience de journaliste. Le seul nom de *Paris-Soir* te donne du prestige, fait de toi un personnage important de la course, inutile donc de te déprécier !

Un quart d'heure plus tard, calés dans les baquets de cuir du cabriolet, nous arrivâmes à la Croix-de-Berny, alors un carrefour comme les autres. C'était le lieu du départ fictif, le vrai étant donné un peu plus loin en rase campagne.

Peloton polychrome qui serpentait dans les virages, échappées éclair, motos vrombissantes, foule enthousiaste sur le bord de la route... de cette kermesse pittoresque je me souviens essentiellement d'un grand bonheur, celui d'un garçon de vingt ans griffonnant sur un bloc les premières lignes de son premier article. Je me souviens aussi qu'après l'arrivée j'ai téléphoné mon compte rendu d'un bistrot où le brouhaha cessa dès qu'on surprit le nom de *Paris-Soir*. La renommée du journal était alors considérable. Je ne retrouverai cet emballement pour un titre que bien plus tard, avec *Paris Match*, mais c'est une autre histoire.

Un flash encore sur cette journée mémorable : la sténo à qui je viens de dicter mon chef-d'œuvre qui me demande : « C'est signé ? » et à laquelle je réponds : « Oui, Jean Diwo » avant d'épeler mon nom.

Le soir, on a repris la route et Faudet s'est arrêté porte d'Orléans devant un crieur de *Paris-Soir dernière*. Mon article y avait sa place avec un beau titre en gras mais il avait été amputé du début dont j'étais pourtant le plus content. Et il n'était pas signé. Je n'ai cependant pas été trop déçu. D'autant que le lendemain, Baker d'Isy m'a dit que je m'étais bien débrouillé et m'a demandé de passer le vendredi suivant, voir s'il y aurait quelque chose pour moi.

Merveille, il y eut ! Je fus chargé du compte rendu de la réunion du dimanche au Parc des Princes. Baker prit même le temps de me délivrer quelques conseils :

— Ne faites pas trop long. Le dimanche, au marbre des sports, c'est la folie. Question de seconde, s'il faut enlever quelques lignes de plomb, le secrétaire de rédaction n'a pas toujours le temps de choisir, il taille un peu au hasard... Et puis, j'ai vu votre copie. Modérez vos enthousiasmes, laissez le lyrisme aux grandes signatures.

Vous avez le temps de labourer sur les terres d'Henri Desgrange, le fondateur du Tour, le père des « Géants de la route », ou de notre patron Gaston Bénac qui grise ses lecteurs de métaphores audacieuses.

— Oui, commentai-je. J'adore ses articles sur le vélo.

— Et sur le reste ! Il a une façon unique de raconter le sport. Tenez, par exemple, au lieu d'écrire « Al Brown le mit KO », Bénac dit « la droite angélique du sorcier noir de Panama mit fin à sa lucidité ».

— Et vous ? demandai-je.

— Oh, moi, je suis un classique. J'essaye de décrire une course comme Stendhal ou Hugo évoquaient Waterloo. C'est prétentieux, je sais, mais mes lecteurs apprécient.

Baker était dans un bon jour. Sa bouche légèrement prognathe esquissa un sourire :

— Un conseil : forgez vous-même votre style. Le journalisme sportif est, à cet égard, un meilleur support que les chiens écrasés. En attendant, venez, je vous offre un verre au bar-restaurant du journal.

L'ascenseur nous mena au dernier étage et je découvris l'endroit non pas le plus luxueux mais le plus recherché de Paris. Vedettes, hommes politiques, écrivains considéraient comme un grand privilège d'être invités au restaurant de *Paris-Soir* dont la terrasse s'ouvrait sur l'interminable panorama des toits de la cité.

Nous nous arrêtâmes au bar où, comme Baker, je commandai un jus de fruit. Près de nous, Paul Olivier s'esclaffait en buvant le pastis avec un monsieur corpulent et joyeux dont les traits ne me semblaient pas inconnus. Il fit un signe amical à Baker et me gratifia d'une tape dont je connaissais l'efficacité :

— Jules, dit-il, je te présente mon poulain, la dernière recrue *Paris-Soir*.

Jules... Ce prénom fut pour moi un trait de lumière. Jules, c'était Raimu ! Je venais de serrer la main du grand Raimu !

— Vous voyez, me dit Baker, il y a du beau monde à *Paris-Soir*. Raimu vient souvent, Paul Olivier est son impresario. Et, tenez, le monsieur qui s'assied au restaurant avec une dame élégante, c'est Henri Decoin, le metteur en scène. Il a commencé dans le journalisme comme vous – et comme moi – en suivant des courses cyclistes pour *L'Auto*. Il a laissé des souvenirs flamboyants dans l'anthologie du Tour de France. C'est lui qui, évoquant Bottechia, pensif devant le Galibier qu'il allait escalader le lendemain, lui fit s'écrier : « Mont, mon grand mont, que me réserves-tu ? » Et Decoin passa à la ligne pour terminer sa chronique demeurée célèbre : « Le grand mont ne répondit rien. »

Baker, qui n'avait pas prononcé trois mots lors de notre première rencontre, se montra d'une grande gentillesse. Bien qu'il me vouvoyât, la familiarité n'étant pas son style, j'eus l'impression que j'avais gagné un soutien sérieux. Je lui dis que Paul Olivier exagérait en m'appelant son poulain, qu'il m'avait seulement promis de me faire travailler de temps en temps, en semaine. Baker en parut content :

— Très bien. Paul sera un bon conseiller. Il jouit d'un grand prestige dans le milieu du sport et du spectacle. Il vous fera connaître un autre monde. Tiens, lui aussi a son truc, une habitude qui amuse ses amis. Il commence presque toujours ses articles par une citation latine : « *Veni, vidi, vici* », « *Homo homini lupus* », « *Morituri te salutant* »... Toutes les pages roses du Larousse célèbrent avec Paul la noblesse de l'uppercut.

*
* *

Je me rendis donc le dimanche suivant au Parc des Princes, encore stade vélodrome. Cette fois, on m'avait donné une distance intéressante – une centaine de lignes – et la mission de téléphoner à quatorze heures un article d'ambiance et d'interviews puis, plus tard, les résultats des différentes courses. Je n'étais pas peu fier d'occuper dans la tribune de presse la place réservée à *Paris-Soir*. Entouré de confrères, j'avais l'impression d'être devenu en une semaine un vrai journaliste.

Je me rappelle cette « première », couronnée après des épreuves de vitesse ou de poursuite par la ronde infernale des *stayers*, ces coureurs derrière motos qui pédalaient à une vitesse insensée, collés à des colosses de cuir noir, debout sur leurs monstrueuses machines. Ces courses, alors fort prisées, emplissaient le stade de bruit, de fureur et faisaient planer sur les tribunes des relents de pétrole.

Je décrivis de mon mieux ce spectacle étrange en modérant mes envolées comme me l'avait recommandé Baker. Je me rappelle aussi avoir fait, ce jour-là, ma première interview : celle de Toto Grassin, le populaire champion au maillot étoilé qui tournait depuis plus de dix ans derrière sa moto.

Quand, mission accomplie, je quittai le stade vélodrome avec la foule, dehors, un crieur hurlait *Paris-Soir dernière*. Je me précipitai et – miracle ! – la première partie de mon article téléphonée trois heures avant y figurait sur trois colonnes. Et elle était signée !

Capoulade

Il pleuvait quand je sortis de la Sorbonne où j'avais entendu le cours de sociologie d'Albert Bayet, aimable philosophe adoré de ses élèves. Pierre ne venant pas au Quartier ce jour-là, je n'avais pas envie de rentrer à la maison et décidai de faire escale à *Capoulade*.

Le port d'attache des étudiants en rupture de fac était comble, mais j'eus la chance de saisir la table que quittaient deux filles. L'odeur fade des vêtements humides rejoignait les nuages de fumée qui s'agrippaient aux lustres. Allez savoir pourquoi, à vingt ans, on aime mariner dans une telle atmosphère ? Serrés autour des tables voisines, filles et garçons parlaient fort, riaient, se sentaient bien dans cette tiédeur fraternelle.

À la clientèle des étudiants s'ajoutaient aussi, en fin d'après-midi, quelques intellos d'âge mûr venus renifler les traces de leur jeunesse.

*
* *

Installé devant un café noir, j'avais repris *L'Éducation sentimentale* à la page où je l'avais laissée en sortant du métro. Et je vivais avec Frédéric Moreau son interminable attente de Mme Arnoux au coin de la rue Tronchet, quand une ombre se profila dans mon univers flaubertien. Je levai les yeux sur une sorte de félin à taches brunes qui me fit sursauter. C'était Sorella, perdue de vue, ainsi que sa copine, depuis le dîner rue de la Montagne-Sainte-Geneviève. Elle était enroulée dans un manteau d'ocelot tout à fait inattendu dans la faune de *Capoulade*.

— J'attends mon amie Cécile, me dit-elle en souriant. Puis-je m'asseoir à votre table, monsieur de chez *Marchessoy* ?

Je refermai mon livre et oubliai le visage malheureux de Frédéric pour saisir le regard tranquille de Sorella. Décidément, cette fille un peu baroque me troublait. Il me fallut quelques secondes pour me lever et lui dire de prendre place. Je crus qu'elle s'amusait de mon embarras mais elle paraissait simplement contente de me voir. Et me le confirma de vive voix quand je l'eus aidée à se défaire de sa peau de chat sauvage.

— Votre manteau est somptueux, avançai-je sottement.

— En tout cas il vous impressionne ! Je sais qu'il détonne ici, mais j'aime, de temps en temps, paraître originale et me faire remarquer.

Pierre aurait trouvé réplique plus adaptée ou séductrice, mais je me récriai assez platement :

— Vous n'avez besoin d'autre peau que la vôtre pour vous montrer attirante. Je conviens pourtant que vous êtes très chic dans votre fourrure. En possédez-vous encore ? Je vous verrais bien en panthère, en lynx, pourquoi pas en lionne ?

Elle rit :

— Ne vous moquez pas. Cette fourrure, unique dans ma garde-robe, est un cadeau de mon oncle. Et rassurez-vous, je m'habille plutôt simplement. Si j'avais su que j'allais vous rencontrer, j'aurais mis mon vieil imperméable et un foulard bariolé à la mode *Capoulade*. Vous ne me verrez pas souvent vêtue ainsi.

— Parce que je vous reverrai ?

— Qui sait ? Le Quartier n'est pas très grand et la Sorbonne encore moins. Je me suis inscrite en histoire de l'art.

— Alors nous nous croiserons souvent. Je prépare une licence de lettres tout en travaillant.

Elle me demanda, comme je l'espérais, en quoi consistait mon travail et je ne manquai pas de faire l'important en sortant ma carte de presse toute neuve et en magnifiant le noble métier de journaliste sportif.

Je comptais épater l'Ocelot mais ne me doutais pas que je l'avais caressée dans le sens du poil. Contre toute attente, Sorella me répondit qu'elle adorait le vélo, qu'elle lisait souvent *L'Auto* et les pages sportives de *Paris-Soir*.

— Je peux vous dire qui a gagné Paris-Roubaix, Paris-Tours et le Critérium des as, s'enflamma-t-elle. Quant au Tour de France, n'en parlons pas !

On en parla au contraire. Le plus étonné fut le garçon qui nous écouta avec stupéfaction refaire

31

l'étape du Ventoux et célébrer la virtuosité de Vietto. Finalement, j'invitai l'Ocelot à m'accompagner le dimanche suivant au Parc des Princes.

Comme Cécile n'arrivait pas, on parla tout de même d'autre chose que de bicyclette. J'osai lui poser la question qui m'intriguait :

— De quelle région êtes-vous, mystérieuse Sorella ?

— Ni de Bretagne ni de Marseille. Mais je vais vous le dire car vous ne risquez pas de trouver : je suis née en Lettonie. À cinq mois, ma mère, qui s'était remariée après la mort de mon père, m'a amenée à Paris.

Comme je restais muet, elle ajouta :

— Généralement, quand je dévoile cela, il y a toujours un malin qui, pour faire croire qu'il a des lettres, lance : « Comment peut-on être letton ? » Vous m'auriez déçue en le disant.

L'Ocelot m'intéressait de plus en plus. Et je n'avais pas besoin de la questionner, elle se racontait très simplement :

— De la Baltique je n'ai gardé que le patronyme de mon père, comte de Czamarovsky, un paléontologue respecté qui a une rue à son nom à Riga. Mon beau-père m'a élevée. Il est dans les affaires, je n'ai jamais su lesquelles. Je vous parlerai un jour de mon oncle, le frère de ma mère qui habite Cape Town en Afrique du Sud. Il exporte des diamants et des peaux de bêtes sauvages.

— D'où sans doute votre manteau. Que cela est romanesque ! Et votre amie Cécile ? Vient-elle aussi de très loin ?

— Non. De la rue Ordener, me répondit-elle en riant. Mais son histoire n'en est pas moins extraordinaire. Je ne sais pas si elle serait contente que je vous en parle.

— Allez-y, je ne lui en dirai mot.

— Eh bien, elle s'appelle Cécile Grindel mais ne déteste pas se faire appeler du pseudonyme de son père : Éluard. Car son père est Paul Éluard et sa mère Gala, aujourd'hui Mme Salvador Dali.

Cette révélation me laissa éberlué. Je me demandai un instant si Sorella se moquait de moi, mais non, on n'invente pas une histoire pareille. La douce Cécile qui parlait avec une voix de petite fille mais disait des choses intelligentes était donc la fille de Paul Éluard dont mon prof de lettres, Antoine Paulin – que Polymnie ait son âme ! – nous faisait apprendre par cœur les poèmes. J'en récitai alors une strophe que j'avais encore en mémoire :

Je te l'ai dit pour les nuages
Je te l'ai dit pour l'arbre de la mer
Pour chaque vague, pour les oiseaux dans les feuilles
Pour les cailloux du bruit
Pour les mains familières
Pour l'œil qui devient visage ou paysage...

— Quelle mémoire, je t'admire, dit Sorella. Il faudra réciter ces vers à Cécile si elle te parle de ses parents !

Donc, la mère de Cécile était Gala ! De cette femme, belle et mystérieuse, je savais ce que les journaux en disaient quand ils parlaient du « génial Dali » qui n'avait pas manqué de prendre en marche le train d'enfer du surréalisme. Je trouvais tout cela excitant et avais envie d'en savoir davantage sur ces monstres sacrés qui me devenaient soudain presque familiers.

Avant l'arrivée de son amie, Sorella eut le temps de me confirmer aussi que, depuis la séparation d'Éluard et de Gala, Cécile avait vécu chez sa grand-mère avant d'aller préparer le bac à Fontainebleau.

*
* *

Cécile apparut enfin dans un trench-coat mouillé, le visage à moitié caché par un grand béret bleu. Je ne m'étais pas aperçu, chez *Marchessoy*, qu'elle était aussi jolie. Elle me sourit et ne parut pas étonnée de me trouver en conversation avec Sorella.

— J'étais sûre qu'on se reverrait, dit-elle simplement. Votre ami n'est pas avec vous ?

Pierre, je regrettais qu'il ne fût pas là car, bien mieux que moi, il savait animer une conversation. Seul, je me sentis un peu gauche entre ces deux filles, complices et spirituelles. Sorella, heureusement, expliqua que j'étais reporter à *Paris-Soir*, ce qui sembla intéresser Cécile, laquelle se rembrunit lorsqu'elle apprit que j'écrivais sur le sport et que j'allais emmener son amie au Parc des Princes :

— Sorella est folle ! s'emporta-t-elle. Elle s'est, dès la seconde, entichée de vélo, lisait *L'Auto* au collège, ce qui est plutôt surprenant pour une fille. Et voilà que vous l'invitez à aller voir pédaler ses champions ! Je refuse de la suivre sur les traces des géants de la route.

Elle rit elle-même de son indignation, s'excusa auprès de moi et ajouta :

— Il faut dire que, dans la famille, on n'est guère porté sur le sport. Mon père est faible des bronches et ne sort pas sans son foulard. Ma mère a horreur de tout mouvement qui déplacerait sa coiffure. Son mari, Dali, met bien quelquefois des bicyclettes dans ses peintures, mais est-ce là un sport ? Je ne connais d'ailleurs pas dans la bande des surréalistes le moindre amateur de boxe ou de football !

Surréalistes ! J'avais, depuis le dîner chez *Marchessoy*, travaillé un peu la question à la bibliothèque de la Sorbonne et lu notamment le *Manifeste*. Je pensais donc en savoir assez pour ne pas paraître trop idiot quand Cécile reparlerait de Breton ou de René Char. C'est ce qui arriva chez *Capoulade*. Je me débrouillai tant bien que mal mais me rendis compte que le milieu où évoluait Cécile n'était pas en vérité ma tasse de thé. Quant à Sorella, visiblement plus avertie que moi sur les célébrités du surréalisme, il était évident qu'elle préférait le vélo.

— Pour Cécile, dit-elle, la vie n'a été qu'un étourdissement. Breton aime répéter qu'elle est l'enfant du surréalisme. Avec Miró, il lui a appris à marcher. Picasso, Max Ernst et Dali ont fait son portrait, les poètes lui ont dédié leurs vers…

— Belle jeunesse ! m'exclamai-je.

L'intéressée fit la moue :

— Oui, mais pas toujours facile. J'aurais parfois préféré avoir des parents qui ne soient pas célèbres et qui se seraient mieux occupés de moi. En tout cas plus souvent. Heureusement, ma grand-mère était là. Et mon père, lorsque sa vie tumultueuse le lui permettait. Ma mère m'aime bien mais elle m'a lâchée. J'avais neuf ans...

Je sentis que la jeune femme avait envie de parler et l'encourageai d'un regard.

— J'avais neuf ans, reprit-elle. Mes parents m'avaient emmenée en Espagne avec une coterie de surréalistes dont André Breton, Miró et Magritte. Ce fut l'occasion, après avoir rendu visite à Federico Garcia Lorca, de retrouver un peintre espagnol dont le talent et les habitudes extravagantes les avaient frappés à Paris lors du tournage d'*Un chien andalou* de Luis Buñuel.

C'est chez lui, à Cadaqués, que ma mère et Dali se sont découvert un amour fou. Jamais personne n'aurait pu imaginer que cette rencontre imprévue allait marquer la fin du couple Éluard. Tout a été dit sur cette histoire. Le fait est que ma mère ne rentra pas avec nous à Paris. Une page était tournée qui me reléguait à la table des matières. La séparation de mes parents, qui toucha cruellement mon père, laissa pourtant intact un profond attachement. Paul et Gala n'ont pas cessé de se voir et de s'écrire.

*
* *

Après un silence, on parla d'autre chose. Et des voisins dont les conversations bourdonnaient dans le néon.

— Regardez, dit Sorella qui connaissait son monde. Chaque tablée ou chaque groupe de tablées représente une famille. Les sorbonnards sont plutôt rassemblés de notre côté. En face, c'est le droit. On y parle politique, on s'invective. Les quatre jeunes gens qui font, là-bas, de grands gestes sont des mathématiciens de renom. *Capoulade* est le siège de leur société quasi secrète qu'ils ont appelée « Bourbaki ». Ils sont presque tous normaliens et ne parlent que d'intégrales et de calculs différentiels. Sur la droite, la tribu agglutinée autour de deux guéridons est celle des artistes, peintres, musiciens, futurs architectes. Je connais les deux filles, elles étaient aux Beaux-Arts.

— Et moi le garçon aux cheveux à la Berlioz, dis-je. J'ai joué au tennis avec lui. C'est Miguel Candela, un violoniste prodige. À quinze ans, il avait connu toutes les grandes salles de concert du monde et enregistré deux disques. Je crois, hélas ! que son succès n'a pas grandi avec lui.

Nos regards se croisèrent, il me fit signe et se leva pour venir vers nous. Je n'avais pas revu Miguel depuis des années. Il n'avait pas changé, parlait grave comme un violoncelle et me dit qu'il aidait son père, professeur au Conservatoire, à former de jeunes talents. Ne lui demandant pas s'il jouait toujours en concert, je lui présentai simplement et naturellement mes camarades. Il ne tiqua pas au nom de Cécile Éluard, s'intéressant plutôt à l'Ocelot. Ce qui m'agaça. Enfin il regagna sa table. Cécile asséna :

— Il n'est pas mal votre ami mais il n'a pas grand-chose à dire.

L'heure de partir arriva. Beaucoup de jeunes avaient déjà quitté l'univers brumeux de la brasserie et une autre clientèle, plus âgée, commençait à occuper la place. Il ne pleuvait plus mais l'air était humide. Les deux filles me prirent le bras et nous remontâmes le boulevard Saint-Michel, pelotonnés pour nous tenir chaud. En ce temps-là, on ne s'embrassait pas dès la première rencontre. À la station de métro Saint-Michel, nous nous quittâmes en nous serrant longuement les mains et en nous regardant, comme pour sceller notre complicité. Cécile me murmura de sa voix susurrante :

— Je vais vous inviter un prochain dimanche, avec votre ami Pierre, à venir goûter à Montlignon dans notre maison de famille. Vous verrez, ma grand-mère Jeanne est une vieille dame délicieuse.

Du côté de chez Éluard

Le train jusqu'à Ermont, un car brinquebalant et une petite marche pour traverser le village nous menèrent devant la maison de la famille Grindel.

Au-delà d'une allée bordée de rosiers, Cécile, alertée par la cloche du portail, nous attendait les bras grands ouverts. Elle était entourée de Sorella et d'un personnage que nous ne connaissions pas. Nous apprîmes qu'il s'agissait d'un jeune poète amené par cette dernière qui vivait en faisant des paquets chez l'éditeur Seghers. Malgré son large sourire, il m'inspira, je ne sais pourquoi, une certaine méfiance.

La maison de pierre blanche était grande mais banale et devait surtout son charme à la verdure et aux fleurs qui l'entouraient. Un soleil doux de fin de saison finissait d'ébaucher un après-midi agréable.

Les filles que nous connaissions en béret bleu et en manteau léopard nous surprirent par leurs robes courtes et vaporeuses. Je les trouvai ravissantes.

— Venez, dit Cécile, je vais vous présenter à ma grand-mère.

Nous la suivîmes dans un salon meublé, tapissé et décoré d'une façon si désuète et bourgeoise que Pierre me glissa à l'oreille :

— Je n'imaginais pas ainsi le berceau du surréalisme !

Cécile avait raison. Mme Grindel, qui nous rejoignit, était une personne adorable.

— Pardonnez-moi de ne pas vous avoir accueillis à votre arrivée mais je sortais ma brioche du four ! Elle sera comme il faut, tiède, pour l'heure du goûter.

Et c'est la vieille dame qui mena la conversation, questionnant chacun sur ses occupations, ses projets. Pierre, qui avait peu de chance de l'intéresser avec le droit civil, tira son épingle du jeu en lui disant que les roses anglaises David Austin de l'allée d'entrée étaient splendides, ce qui ravit et étonna Mme Grindel : « Les jeunes gens s'intéressent donc encore aux fleurs ! » La mère de Pierre – il me l'avoua dans le train du retour – cultivait des Austin doubles à Nogent. Le Tour de France n'allait pas non plus captiver la grand-mère, je lui parlai plutôt du faubourg Saint-Antoine, des grands ébénistes et de mon père sculpteur. Mais c'est évidemment le poète qui rafla la mise en citant une phrase des *Contemplations* qui immortalise Montlignon. « Avant Paul Éluard et bien d'autres écrivains et artistes, c'est évidemment Victor Hugo qui a été, Madame, l'hôte le plus illustre de votre village. » En plus de m'agacer, ce Luc Decaunes était brillant.

— Allez donc profiter du jardin pendant que je sors les tasses, conclut Mme Grindel en un sourire, peu dupe de ce jeu d'éblouissement.

Cécile était contente de nous montrer son domaine. Elle connaissait le nom de toutes les plantes, des arbustes, même celui d'une aristoloche aux fleurs en forme de cœur. Elle nous arrêta devant un bosquet qui abritait des chaises de jardin disposées autour d'une table en bambou.

— Tous les membres de la tribu du surréalisme se sont assis un jour ou l'autre sur ces chaises, dit-elle. Ce que ces roses ont pu entendre comme cris et engueulades ! Je me souviens d'un jour où je jouais dans le jardin et où Breton et Artaud ont failli en venir aux mains ! Il s'agissait du *Second Manifeste du surréalisme* qui devait entraîner la démission de Desnos, Prévert, Queneau, Bataille, Vitrac...

— Et votre père ? demanda Pierre, que cette cuisine intello passionnait plus que moi.

— C'étaient ses meilleurs amis, mais, avec René Char, il est resté aux côtés d'André Breton.

*
* *

Nous reprîmes la promenade et bientôt nous ne fûmes plus que trois dans l'allée des tilleuls. Cécile et Luc s'étaient habilement laissé distancer. Derrière une haie, nous les aperçûmes un instant : accrochée au bras du poète, Cécile l'écoutait lui déclamer les vers qu'il avait composés pour elle durant la nuit.

Je ne sais si ce rapprochement lui donna des idées mais Sorella se serra contre moi et inclina sa tête sur mon épaule. Il eût été impoli de ne pas l'embrasser. Je fus bien élevé. Ses lèvres étaient douces. Pour recommencer, nous nous assîmes sur le banc de bois qu'un bûcheron inspiré avait, jadis, posé entre deux massifs de genévriers.

Discret, Pierre avait pris une autre allée.

*
* *

Un moment disloqué, notre groupe se retrouva à l'entrée de la maison. Dans le salon, la table du goûter était dressée sur une nappe de dentelle et Cécile nous invita à prendre place.

Annoncée par une bouffée de chaleur beurrée, Mme Grindel apporta dans une porcelaine bleue une magnifique brioche. « Dorée comme un soleil couchant » souligna Luc.

Tout le monde applaudit. « Cécile, va donc chercher le chocolat » demanda la grand-mère, ravie d'avoir réussi son chef-d'œuvre. Deux cruchons fumants ajoutèrent leur parfum à la douceur avenante et vieillotte de la maison. Un instant de bonheur dont la mémoire ne se sépare jamais.

Pierre, qui s'était proposé pour partager le gâteau, entrait la pointe du couteau dans la pâte craquante quand un personnage grand, mince, souriant, les cheveux noirs coiffés en arrière, fit irruption dans le salon, posa son imperméable sur un fauteuil et s'excusa d'interrompre notre conversation. L'apparition de Paul Éluard fut une surprise car Cécile ne nous avait pas prévenus de la présence de son père.

— Je ne reste qu'un instant car je ne veux pas manquer le train de cinq heures, s'excusa-t-il d'une voix douce qui rappelait celle de sa fille.

Celle-ci nous présenta et je vis l'œil du grand homme friser quand il entendit les mots *Paris-Soir*.

— Vous êtes bien jeune pour écrire dans un si grand journal. Mes félicitations. J'y collabore moi-même de temps en temps quand votre rédacteur en chef Pierre Lazareff me demande un article.

Comme Luc attirait son attention en lui confiant combien il était fier, lui, modeste écolier en poésie, de le rencontrer, Paul Éluard lui demanda si ses goûts le portaient vers la poésie surréaliste. La réponse m'étonna par sa spontanéité :

— Mes goûts me portent vers la poésie de Paul Éluard mais, en dehors peut-être d'affinités politiques, j'ai en fait du mal à distinguer en quoi le qualificatif de surréaliste s'applique à vos vers.

Un peu interloqué, Paul Éluard sourit :

— Vous avez raison. Les appellations contrôlées s'accordent plus légitimement aux vins qu'à la poésie. Votre franchise m'intéresse mais je n'ai pas le temps, aujourd'hui, d'apprécier votre talent. Donnez quelques-uns de vos poèmes à Cécile qui me les transmettra. Je les lirai et vous dirai, avec la sincérité qui est vôtre, ce que j'en pense.

Son visage soudain s'assombrit et il ajouta, en nous pénétrant d'un regard pathétique :

— Avant la grande nuit qui nous menace...

Cette phrase – qui allait longtemps nous poursuivre, Pierre et moi – faisait évidemment allusion à la guerre, à cette horreur qu'annonçaient les discours hallucinés de Hitler et qui sonnerait la fin de notre jeunesse heureuse.

Cette flèche lucide et tragique assombrit brusquement l'atmosphère mais Paul Éluard se reprit. Il retrouva en un instant son sourire, enlaça sa mère et la souleva du sol dans un tour de valse.

— Maman, ta brioche avait la légèreté d'un baiser ! lui dit-il avec tendresse.

Il embrassa Cécile et Sorella, nous serra chaleureusement les mains et partit dans le soir tombant. Nous entendîmes le crissement de ses pas s'effacer sur le gravier de l'allée. Comme la fin d'un beau vers.

— Il va retrouver Nusch, dit sa fille. C'est une femme merveilleuse que j'adore. Elle lui a fait oublier ma mère et lui a rendu le goût du bonheur.

*
* *

Sorella restant dormir à Montlignon, à la nuit tombée le trio des garçons reprit le chemin de Paris. Nous parlâmes peu, comme pour ne pas risquer de rompre le charme de ce tendre après-midi.

Tout en marchant, je songeai à ma fille de comte letton. Et je me disais qu'elle ne pouvait avoir amené Luc par hasard. D'une certaine manière, en agissant ainsi, elle m'avait choisi. J'en étais aussi surpris qu'heureux. Le car nous conduisit à la gare et nous trouvâmes un compartiment libre dans le train de Paris.

Luc nous laissa bavarder, Pierre et moi. Il avait trouvé un rayon de clarté dans le coin du wagon lugubre et griffonnait sur un carnet. Au bout d'un moment, il déchira la feuille et me la tendit :

— Tiens, un petit poème en prose pour toi !

Je lus :

« Elles passaient à pas de chevaux bien dressés, dignes, sûres d'elles, serrant sur leurs seins d'oiseaux de vagues réticules bourrés de plaisirs dangereux. »

Le zouave

La guerre de 40, la « grande nuit » évoquée par Paul Éluard au terme d'un après-midi de bonheur, j'y suis allé, j'en suis revenu et je n'en parle pas. Sauf, récemment, à l'un de mes petits-fils qui voulait ajouter un peu de sel à la sauce Google d'un devoir. Il attendait de moi quelque chose dans le genre de Roland à Roncevaux. Après réflexion, je lui ai raconté l'histoire d'un zouave fait aux pattes entre Lille et Dunkerque. Qui, tout compte fait, n'est en rien banale !

*
* *

Je ne saurais expliquer les mystères du recrutement des armées qui m'ont fait passer de la terrasse de *Capoulade* et des bras de Sorella aux collines de Sambre et Meuse, m'amenant à défendre la France en qualité de sergent au 14e régiment de zouaves de la seconde division nord-africaine ! Autant passer directement au jour où notre régiment a littéralement explosé dans les environs de Namur sous des bombardements apocalyptiques. Sans rien comprendre, de nombreux zouaves avaient laissé leur vie dans ce déluge de feu et les survivants, éparpillés, refluaient en direction de Dunkerque dans l'hypothétique espoir d'embarquer pour l'Angleterre. C'est dans ce contexte déplorable que nous nous retrouvâmes à une trentaine dans la cour d'une ferme avec un seul officier, le commandant Pelletier, qu'un éclat d'obus de la guerre de 14 avait rendu un peu original. Mais ce brave des braves s'avérait sympathique. On l'avait surnommé Du Guesclin.

— Nous sommes à Haubourdin, dit-il en nous montrant sa carte d'état-major. Comme vous le savez, l'Allemand se trouve derrière nous ; mais aussi à l'ouest, et encore en face. Alors nous fonçons vers l'est et continuons le combat.

Il était sûr que nous ne pouvions pas rester où nous nous trouvions tant les balles commençaient à siffler au-dessus de nos têtes. Alors, le commandant se tourna vers moi :

— Sergent Diwo, puisque vous êtes le plus haut gradé, je vous nomme chef de bataillon. Moi, je vais suppléer le colonel. Prenez la tête de vos hommes. Et en route !

— *Nach Berlin* ! cria Métral, un gai luron, dauphinois comme la plupart des réservistes appelés à reconstituer – quelle idée ! – le 14ᵉ régiment de zouaves dissous depuis la conquête de l'Algérie.

L'est, c'était la ville de Seclin dont on devinait, dans la fumée, les premières maisons, et où crépitaient les mitrailleuses de la Wehrmacht. Un combat de rues ! Voilà ce qui nous attendait un peu plus loin, opération sûrement pas prévue par le Grand État-Major qui avait autre chose à faire que de s'occuper de notre escouade de paumés. Du reste, tout était déraisonnable dans cette déferlante nous jetant dans l'œil du cyclone, à commencer par ma désignation bouffonne à la fonction de chef d'un bataillon fantôme et notre avancée vers la ville, la tête dans les blés d'un champ prêt à être moissonné, sous une pluie de balles qui avaient déjà abattu trois des nôtres. « Dormeurs du val » de la guerre de 40, on les avait laissés mourir dans les épis mûrs.

Touche finale à ce tableau absurde, le commandant Pelletier marchait devant, à vingt mètres, tête nue car il avait perdu son casque, droit dans ses leggins, indifférent aux projectiles qui le frôlaient. De son menton relevé, il défiait les centaines de régiments allemands qui encerclaient ce qui restait des derniers carrés de l'armée du Nord.

*
* *

La destinée s'octroie parfois des rémissions. Elle nous laissa errer dans la banlieue de Seclin jusqu'à un carrefour où sifflaient les balles de tireurs invisibles. Je me retrouvai ainsi en compagnie de deux camarades dans la plus inconfortable des situations : le caporal zouave Bontemps, guide de haute montagne dans le civil, avait réussi à conserver son fusil-mitrailleur et le soldat Perrin son fusil. Moi, je ne possédais qu'un pistolet chargé de six munitions. C'était peu pour arrêter la Wehrmacht !

Depuis l'attaque qui mettait fin à la « drôle de guerre », nous n'avions curieusement pas aperçu l'ombre d'un Allemand. Nous avions « juste » entendu l'éclatement de leurs bombes, le vrombissement des avions à croix noire et le crépitement des mitrailleuses. Pourtant, l'ennemi était là, à deux pas, au tournant de la rue.

Nous cherchions une encoignure où nous réfugier quand, tel un spectre, apparut le commandant, toujours cheveux au vent, qui ordonna, comme s'il s'agissait d'une mission banale :

— Chef de bataillon Diwo, prenez avec vos hommes la rue en enfilade.

J'objectai que la rue tournait et que, devant, il y avait un mur mais cela ne sembla en rien contrarier sa tactique.

Il répondit :

— Eh bien, tirez dans le mur. Feu à volonté !

Enivré par l'odeur de la poudre, dépassé par l'incohérence de la situation, privé de tout jugement, il ne me vint pas à l'esprit que l'ordre du commandant relevait du déraisonnable. Je commandai donc à Bontemps de caler son fusil-mitrailleur, de tirer par rafales, et à Perrin d'user les balles qui lui restaient sur le mur du surréalisme guerrier.

Je ne sais combien de temps dura cette mousqueterie, si elle s'arrêta faute de munitions ou lorsque le commandant intervint en criant :

— Halte au feu ! Nous décrochons, abandonnez les armes sur place et tous sur moi !

Nous fîmes demi-tour et le suivîmes dans une course effrénée qui nous ramena dans les champs. Là, une quinzaine de rescapés nous rejoignirent et nous franchîmes les uns après les autres, grâce à une échelle providentielle, le mur d'une ferme.

Un factionnaire du génie nous indiqua d'un geste la direction du lieu de rassemblement de la division ou ce qu'il en restait. C'était à Faches-Thumesnil. Nous y retrouvâmes une poignée de zouaves, les rescapés du bataillon et le commandant Pelletier qui, je ne sais comment, avait réussi à nous précéder ! Il serra la main de chacun et, d'une voix qu'il voulait ferme mais où perçait l'émotion, il nous dit :

— Essayez de dormir à l'abri. L'ennemi, vous le savez, est à quelques kilomètres et nous cessons la lutte. Au petit matin nous serons prisonniers. Vous avez bien servi votre pays. Bonne chance !

Dans le bourg vidé de ses habitants, notre groupe trouva refuge dans un cellier où gisaient quelques bouteilles de vin. Nous les bûmes en dressant la liste des absents. Ils étaient nombreux mais tous n'étaient peut-être pas morts. Il se fit alors un silence. Qu'interrompit le première classe Dussandier – que nous ne savions pas si pieux – en demandant à ceux qui croyaient en Dieu de prier avec lui.

— Je le fais, clama Delabre, un Savoyard qui vidait chaque nuit le bidon de rouge qui lui servait d'oreiller. Mais on ne peut pas dire que le Bon Dieu ait beaucoup protégé le 14ᵉ zouaves !

*
* *

Le lendemain, c'était le 29 mai 1940. Vers six heures, nous fûmes réveillés par des cris rauques qui ne pouvaient qu'être allemands et des coups sourds qui ébranlaient la porte. Elle céda, nous laissant hébétés.

On s'attendait à voir notre refuge envahi par une horde de uhlans féroces, mais c'est un jeune soldat nageant dans un uniforme trop grand, les bottes lestées de grenades à manche et brandissant une mitraillette, qui cria d'une voix fluette : « *Raus ! Raus !* »

Nous sortîmes les bras en l'air.

Un enfant nous avait fait prisonniers.

*
* *

Deux ans plus tard, mes parents me transmirent au stalag XVII-A un avis de l'état-major français, car il en existait toujours un à Vichy :

« Le sergent Diwo Jean, du 14ᵉ régiment de zouaves, est cité à l'ordre de la division pour avoir, le 28 mai 1940, dans Seclin, sous le feu ininterrompu de plusieurs armes automatiques déjà en position et abritées, réussi à mettre en batterie et à contrebattre l'ennemi dans un duel inégal. Ce présent ordre comporte l'attribution de la croix de guerre avec étoile-d'argent. »

Merci mon commandant, mais il n'y avait vraiment pas de quoi !

J'ai appris plus tard que le commandant Pelletier, libéré de son oflag en qualité de combattant de la guerre de 14, puis résistant, n'était pas revenu d'un camp d'extermination.

Le chat du *feldwebel*

Nous ne mourions pas de famine mais, depuis notre capture, une marche forcée à travers la Belgique et notre emprisonnement au fin fond de la Basse-Autriche dans les baraquements d'un ancien camp militaire, nous avions conscience d'être rongés par des tiraillements lancinants.

La débrouillardise de ceux qui ont faim est inépuisable. Elle nous a permis en tout cas de survivre alors qu'aucun colis ne nous parvenait encore de France ou des États-Unis. Rapprochés par l'affinité ou par le hasard, nous nous sommes tout de suite réunis par petits groupes afin de partager ce qu'il y avait : pas grand-chose, pour ne pas dire rien.

*
* *

Notre groupe, notre popote, rassemblait des êtres qui, sans la folie de Hitler, ne se seraient jamais croisés dans la vie. Songez donc : le curé d'un village vosgien, un prof d'espagnol de Bagnères-de-Bigorre, un caddie du golf de Mandelieu, un instituteur de Provence, un charcutier de Vic-Fezensac, un acteur déjà connu du nom de Bernard Blier, Bébert, qui répondait « truand » lorsqu'on lui demandait ce qu'il faisait dans le civil, et moi.

Bébert s'attribuait quelques casses, six mois de prison, d'autres exploits de malfrat mais, sans être un enfant de chœur, en vérité il se vantait beaucoup. Si les histoires de mauvais garçons qu'il racontait n'étaient sans doute pas toutes véridiques, elles nous distrayaient. À la popote on aimait bien Bébert, moins voyou qu'il le prétendait et avec le cœur sur la main. Son sens de la communauté lui valait même l'absolution de l'abbé. Quand la faim nous taraudait un peu trop, il annonçait qu'il allait faire son marché et partait en vadrouille dans le camp. Deux heures après, il revenait, quelques denrées rares dans les poches : des pommes de terre, un morceau de lard, une tranche de bonne viande, un bout de fromage... Il se montrait discret sur ses expéditions, expliquant seulement qu'il avait aux cuisines un pote de Pigalle, as du chalumeau dans le civil. Nous n'avons jamais vu ce perceur de coffres-forts, mais il faut reconnaître que la solidarité du milieu nous a souvent aidés à supporter la faim.

Parfois, on économisait nos provisions pour faire un vrai repas, un banquet auquel le père d'Haréville apportait de son côté le don du ciel : une bouteille de blanc. Le Maréchal n'envoyait pas de vivres dans les camps mais, en revanche, ravitaillait abondamment les curés prisonniers en vin de messe. Même en forçant un peu les burettes, l'abbé d'Haréville gardait du surplus dont il nous faisait profiter.

— Le Bon Dieu, disait-il, ne peut qu'être d'accord sur cette extension imprévue du saint sacrifice. En remerciement, ne séchez pas la messe dimanche prochain, s'il vous plaît !

*
* *

Un jour où Bébert m'initiait à la pratique douteuse du jeu de bonneteau, il laissa retomber ses trois cartes pour observer la route qui, par-delà un mur de barbelés, bordait notre rangée de baraques.

— Tiens, dit-il, Nimbus se promène avec son greffier. Il est cinq heures.

Nimbus, c'était le *feldwebel* du poste de garde baptisé ainsi à cause de sa petite taille et de sa calvitie. Chaque soir, à la même heure, il faisait une promenade de santé en tenant son chat dans ses bras. Lequel s'appelait Fritz, un gros matou jaunâtre qui, dès que son maître le lâchait, filait entre les barbelés et partait renifler entre nos baraques. « C'est un chat antinazi, disait Blier, il a choisi son camp. » En fait, il repassait la frontière un peu plus loin et réintégrait l'épaule de Nimbus qui l'agonisait alors d'injures.

Ce soir-là, donc, Bébert regardait avec attention Fritz qui venait une fois encore de fausser compagnie à son maître. Au bout d'un moment, il nous délivra le fruit de sa réflexion :

— Il pèse au moins trois kilos !

Et il ajouta :

— Comme tous les greffiers, il sort la nuit, je l'ai vu.

Je compris que les jours de Fritz étaient comptés.

Le lendemain, Bébert quitta furtivement la baraque dans la nuit. Comme je l'avais vu le matin aiguiser sur une pierre le coutelas qu'il avait réussi à sauver des fouilles répétées que nous subissions, je ne doutai pas du but de son expédition nocturne.

Nous finissions une partie de belote quand il rentra une heure plus tard, l'air content, en jetant un paquet sur la table. C'était évidemment le corps du malheureux Fritz enveloppé dans un numéro du *Völkischer Beobachter*, le quotidien du Parti nazi que la Kommandantur faisait circuler dans le camp et qui nous servait à allumer le poêle. Une traînée de sang avait traversé le papier et s'écoulait lentement sur le visage du Führer dont la photo trônait à la une du journal comme dans chaque numéro.

Nous restâmes muets, fascinés par ce spectacle aussi macabre que symbolique. Des voix protestataires s'élevèrent et une discussion s'engagea après que Bébert eut déclaré doucement, comme une bonne ménagère rentrant du marché :

— Nous le mangerons samedi !

Plusieurs d'entre nous avaient un chat à la maison. Je ne pouvais moi-même m'empêcher de penser à Brutus qui m'avait accompagné durant toutes mes études, installé sagement sur mon bureau entre le *Petit Larousse* et le *Bescherelle*. Bébert n'arrangea pas les choses en affirmant :

— Vous verrez, c'est meilleur que le lapin.

Le prof agrégé détendit tout de même l'atmosphère en expliquant que le chat était un mets apprécié en Afrique et en Asie, qu'il était même encore cuisiné en brochettes à la fin du siècle dernier dans la France des Antilles. Quelques-uns affirmèrent néanmoins que pour rien au monde, ils n'avaleraient du chat. Les autres ne se prononcèrent pas, écoutant Bébert détailler sa recette :

— Je vous le préparerai en gibelotte. Sans champignons, hélas ! mais avec des lardons et un peu du vin que l'abbé voudra bien nous offrir.

L'abbé se défendit mollement en affirmant qu'en conscience il n'était pas sûr de participer au festin. Bérard, l'instit d'Avignon, rappela de son côté que jusqu'au XVIIe siècle, le chat représentait pour bien des ecclésiastiques le symbole du Malin. Et Bernard Blier conclut : « La faim justifie les moyens », en précisant, pour ceux qui n'auraient pas compris, qu'il ne s'agissait en rien de la triste fin du chat Fritz mais des doléances de nos estomacs.

*
* *

Au petit matin, Bébert s'apprêtait à aller « faire ses courses » – il lui manquait un peu de farine et du lard – lorsque des bruits de pas résonnèrent dans le couloir de la baraque. Il eut juste le temps de cacher Fritz sous un lit quand Nimbus et deux sentinelles firent irruption dans la piaule. Il n'y avait pas besoin de connaître l'allemand pour comprendre ce que hurlait le *feldwebel*.

— Où est mon chat ? Vous n'avez pas vu mon chat ?

Il annonça encore :

— Rassemblement immédiat et fouille générale !

— La trappe, vite, dit Bébert.

En un clin d'œil, il sortit le couteau effilé qui lui avait servi à égorger Fritz, grimpa sur un tabouret et souleva la lame de bois qui fermait la cache où nous planquions nos réserves. Il y déposa le chat enveloppé dans la photo du Führer, y joignit son couteau et remit la planche de bois.

Nous eûmes droit à une autre fouille à midi puis, à cinq heures, un commando casqué inspecta toutes les poubelles du camp. Visiblement, Nimbus avait des doutes. Un gardien, bien connu de la popote parce que nous lui échangions des cigarettes envoyées par Vichy – marquées de la francisque mais infumables – contre des pommes de terre, nous confia que Nimbus était sûr que son chat avait été capturé et mangé. Il cherchait la peau, et peut-être quelques os, comme pièces à conviction.

Nous sentîmes le danger. À force de chercher, un gardien curieux finirait bien par découvrir la cachette dans le plafond. Je fus le premier à dire à Bébert qu'il fallait de toute urgence se débarrasser de Fritz et l'enterrer au bout du camp sous un tas de pierres. Mais le dur de Pigalle tenait à sa gibelotte :

— Nimbus et ses sbires ne recommenceront pas à nous tourmenter avant demain. Donc nous mangerons Fritz tout à l'heure. Faites le guet, moi je me mets en cuisine !

C'est ainsi que chacun dégusta sa part d'un chat sympathique condamné par le sort à jouer le rôle du lapin. Je dis chacun car personne ne résista au fumet que dégageait la gibelotte de Bébert. Et je certifie que la chair d'un chat de *feldwebel* est délicate en temps de guerre, meilleure sans conteste que celle d'un gentil lapin de chou !

*
* *

Cette histoire, hélas vécue ! a une suite curieuse et non moins véridique.

Bien des années plus tard, au cours d'un dîner chez Ludmilla Tchérina, André Malraux fut prié par une dame insupportable et minaudante de raconter une histoire de félin. Le maître, qui avait consacré des pages superbes à l'énigmatique chat égyptien, se montra ravi de discourir sur la douce Bastet, descendante apaisée de la féroce déesse Sekhmet. Malraux fut naturellement brillant.

La dame miaula un remerciement et assomma la table des exploits de son persan aux yeux verts. Je ne sais pas alors ce qui me prit, l'agacement sans doute et sûrement le Cheval Blanc 55, car afin d'agacer la pécore, je racontai à mon tour une histoire de chat, celle de l'estimé Fritz.

L'accueil fut glacial. La dame faillit s'étrangler et prit André Malraux à témoin de mon infamie.

Je fus un instant inquiet mais le maître esquissa un sourire :

— Je conçois votre émoi, Madame, mais je crois que, replacée dans son contexte historique, la mort à fin comestible du pauvre chat du *feldwebel* était inéluctable.

Des punaises, *Herr Oberst* !

La captivité ne se résuma pas à un ténébreux orage. Elle fut traversée, sinon par de brillants soleils, du moins par de gaies parenthèses. Cette histoire en est une qui fait partie des petites revanches qu'il nous était parfois possible de prendre sur nos geôliers.

*
* *

C'était en 1942, une période assez tranquille où les Allemands organisaient les camps de prisonniers pour durer. Les colis de vivres arrivaient et l'orchestre du stalag partait le dimanche distraire les copains qui labouraient la plaine austro-hongroise en lieu et place des fermiers occupés sur le front russe. Une vie peinarde quoi, animée par le séjour d'une centaine d'aspirants hébergés au XVII-A le temps qu'on les boucle dans un camp particulier conforme à leurs galons. Les aspirants, en effet, n'étaient ni officiers ni sous officiers. Dans la logique militaro-pénitentiaire, il convenait donc de leur créer une enceinte spéciale dont les barbelés seraient – entre parenthèses – identiques à ceux des stalags et des oflags.

En attendant, les « aspis » avaient été logés dans une baraque immonde à trois étages de planches superposées. Parmi eux se trouvaient Henri Noguères, un copain de la Sorbonne qui signera plus tard une célèbre *Histoire de la Résistance*, et Pierre Philippe, l'ancien secrétaire général des Étudiants socialistes que j'avais rencontré au Quartier latin. Évidemment content d'avoir retrouvé des compagnons du temps heureux, je les invitais souvent dans notre baraque qui, à côté de la leur, s'apparentait à un véritable trois étoiles. Notre popote était réputée par la grâce des parents de Louis Cazaubon, le charcutier de Vic-Fezensac, qui ravitaillaient abondamment leur fils. Toutes les semaines, il recevait en effet un colis de boîtes de conserve étiquetées « haricots blancs » ou « pommes de terre sarladaises ». Des appellations destinées à tromper la censure, puisqu'il s'agissait en réalité d'un délectable foie gras d'oie ou de canard. J'ai d'ailleurs étonné beaucoup de gens en répondant à ceux qui me demandaient, par la suite, si j'avais souffert en captivité :

— Je n'ai jamais mangé autant de foie gras de ma vie.

*
* *

Un jour, au cours d'une de ces agapes quasiment périgourdine – que nous aurions volontiers échangée contre un sandwich jambon beurre taillé dans une baguette croustillante –, Henri Noguères me proposa de participer avec un petit groupe d'aspirants facétieux à « l'opération hétéroptère ».

— Ce mot est, dit-il, le nom savant des punaises qui peuplent nos couvertures, sentent mauvais et nous empêchent de dormir. Il se trouve que, demain, le colonel qui ne met jamais les pieds dans le camp va devoir accompagner une délégation de la « Mission Scapini » venue de Vichy voir cette poignée d'aspirants qui ont mauvais esprit, critiquent le gouvernement du Maréchal et se déclarent ouvertement gaullistes. Eh bien, nous avons décidé d'honorer à notre manière l'incursion de l'*oberst* dans nos terres ! Depuis quelques jours, nous capturons et enfermons dans des boîtes d'allumettes les punaises qui hantent nos nuits. Et, demain, nous les rendrons au colonel puisque ce sont des punaises allemandes ! Veux-tu assister à cette cérémonie ?

C'est ainsi que je me retrouvai, avec Noguères et sa bande, juché à plat ventre au troisième étage des lits de bois d'où l'on dominait le passage que devaient emprunter le colonel et sa suite. Les autres aspirants ayant été regroupés à l'extérieur de la baraque, il avait été décidé, pour ne pas mettre en éveil les visiteurs, qu'ils ne feraient pas preuve de mauvaise volonté à s'aligner et salueraient réglementairement. Quelqu'un avait proposé un claquement de talons sonore mais le plan stratégique ne prévoyait aucun geste susceptible d'être pris comme une provocation.

Tout se passa comme prévu. À cinquante centimètres au-dessous de nous défila une succession de ronds de képis qui constituaient autant de plateformes d'atterrissage pour nos punaises assoiffées de sang. Nous en déversâmes ainsi une bonne centaine sur les chefs et les épaulettes galonnées avant de nous replier vers le fond des paillasses. Quelques secondes plus tard, la voix du colonel résonna dans la baraque. Le *führer* du XVII-A tempêtait comme le vrai, s'époussetait, faisait voler les pans doublés de rouge de sa cape et hurlait :

— J'en ai partout, jusque dans mon col. Qu'est-ce que c'est ?

Nous eûmes la joie d'entendre le lieutenant qui lui ouvrait la voie répondre en rectifiant la position :

— Des punaises, *Herr Oberst* !

Et de voir le cortège affolé faire demi-tour et courir vers la sortie.

S'amuser aux dépens de nos gardiens était un secours, l'ironie dans l'adversité nous aidait à être patients. Soixante ans après, cette histoire me fait encore rire.

*
* *

Il m'arrivait, sans y apporter mon concours musical, d'accompagner l'orchestre quand il allait jouer à l'extérieur du camp pour les camarades attachés à des fermes ou à des entreprises industrielles. La formation du XVII-A n'était pas une « zizique » minable. Le chef, un Belge, dirigeait l'ensemble philharmonique de Gand ; Ferreri, le saxo, deviendra après la guerre patron des disques Vogue ; et René Herbin était l'accompagnateur du grand violoniste Jacques Thibaut. Les autres, s'ils ne possédaient pas cette stature, tenaient bien leur partition.

Ce dimanche-là, un camion nous avait conduits à l'aube jusqu'à la gare de Vienne et le train devait nous mener à Saint-Pölten où les *gefangs*[1] des environs viendraient écouter Mozart et des airs moins sérieux. Il faisait beau, sortir du camp constituait déjà une joie, se retrouver à attendre le train en compagnie de bons copains en était une autre.

L'express de Saint-Pölten avait du retard et nous flânions le long du quai quand Paul Rieger, qui faisait montre d'un beau brin de voix et imitait Charles Trenet, me demanda si j'avais du chocolat. Je sortis de ma poche une tablette envoyée dans un colis venu d'Amérique et la tendis à Paul qui me confia :

— Préviens tout le monde et regardez le distributeur.

Depuis belle lurette, les Allemands avaient perdu le goût du chocolat et, naturellement, l'appareil était vide. Aussi, décrire aujourd'hui la scène qui se déroula voilà si longtemps demeure un délice.

Rieger se campa devant le distributeur, fit mine de mettre une pièce dans la fente, tira le levier et donna l'illusion de retirer de l'appareil

---

[1]. Abréviation de *Kriegsgefangener* : prisonnier de guerre.

la tablette de chocolat qu'il croqua avec un plaisir ostensible devant les voyageurs médusés. Puis, soudain, un cri sortit de plusieurs bouches :

— Il y a du chocolat ! Le distributeur fonctionne !

Ce fut comme une ruée. Un monsieur à culotte de cuir et chapeau tyrolien bouscula tout le monde pour arriver le premier devant l'appareil. Il glissa sa monnaie et manœuvra la tirette. Évidemment, rien ne sortit. Son désappointement nous secoua de joie. Il recommença une fois, deux fois et chercha des yeux Rieger qui s'était éclipsé et nous avait rejoints.

Il y eut autour du distributeur de longues discussions. Le sergent qui nous accompagnait nous demanda ce qui se passait. On lui dit que ses compatriotes avaient cru que le distributeur fonctionnait comme avant la guerre. Il comprit la blague en nous voyant rire, tandis que les penauds de l'affaire nous invectivaient. Notre gardien étant brave, nous glissâmes une tablette dans sa poche. Quand on connaît la passion des Viennois pour le chocolat, on peut imaginer sa jubilation. Il nous remercia à sa manière et avec humour :

— Comme je ne suis pas prisonnier, je ne peux le manger ici. Ce n'est pourtant pas l'envie qui me manque !

La charrette des Russes

Je pourrais m'arrêter à ces aspects légers de la captivité mais c'est plutôt une vision effrayante qui me poursuit le plus souvent. Séparée de nos barbelés par un bon kilomètre de *no man's land*, se profilait dans la plaine une masse ténébreuse nimbée de mystère. Les gardiens, même ceux avec qui nous commercions et que nous savions anti-hitlériens, refusaient d'en parler ou l'assimilaient à l'enfer. Ce lieu maudit, c'était le camp des Russes !

Nous ignorions combien ils étaient mais nous connaissions leurs conditions de vie abominables. Celles de leur mort aussi. L'Allemagne nazie ne les exterminait pas, n'usait pas de gaz ou de fours crématoires pour les éliminer, elle laissait simplement ces prisonniers de guerre mourir de faim et du typhus. Les rares informations qui filtraient étaient terrifiantes. Les malheureux ne déclaraient pas les décès avant deux ou trois jours afin de continuer à toucher leur ration quotidienne de pain noir, un pour six, sauf les jours de punition où ils ne recevaient rien. Ni le typhus, ni la tuberculose, ni les autres maladies n'étaient soignés et le nombre de morts restait secret.

Nous savions qu'il était considérable. Cette misère cruelle couvant ses miasmes à quelques centaines de mètres de nos baraques nous restait cependant lointaine, comme notre compassion.

*
* *

À l'époque, je travaillais à la poste du stalag. Arnaud le prof, Loulou le golfeur et Louis de Vic-Fezensac m'accompagnaient pour trier avec d'autres les monceaux de lettres destinées aux hôtes du XVII-A. C'était une bonne planque qui nous valait une promenade quotidienne hors des barbelés. La poste – deux grandes pièces et un bureau pour les censeurs – se trouvait en effet à Kaisersteinbruch, village qui avait dû être pimpant avant d'être occupé par le service de renseignements de la Wehrmacht.

L'hiver, nous rentrions à la nuit et, souvent, nous croisions le colonel, le « colonel punaise », comme il était dorénavant surnommé. Il revenait de promenade, toujours solitaire, drapé dans sa capote à col rouge. La sentinelle qui nous accompagnait, en général un Autrichien fatigué, trop vieux pour le front russe, nous faisait mettre au pas, et l'un d'entre nous commandait au passage le salut réglementaire de l'armée française, « Tête droite » ou « Tête gauche ». Ce qui se traduisait selon l'humeur par « Tête de con... ard » ou « Tête de lard » auquel le colonel répondait à notre grande satisfaction par un salut très poli. Il était connu que, comme la sentinelle bancale, il ne parlait ni ne comprenait le français.

*
* *

Et puis, un soir où notre gardien vint nous chercher tardivement, ce n'est pas le colonel que nous avons rencontré sur la route mais une charrette que nous n'aurions pas dû voir. Malgré la nuit, impossible de ne pas discerner, en la dépassant, la nature de son chargement. Il s'agissait de cadavres à moitié nus, dont les membres sans chair, breloques de l'horreur, pendaient à l'arrière et sur les côtés du chariot.

On parlait d'une ancienne carrière où les prisonniers russes creusaient la nuit de profondes tranchées. Le sinistre convoi, qu'accompagnaient deux prisonniers squelettiques et deux croque-morts coiffés de la casquette à croix gammée, y conduisait les morts russes de la journée. Ainsi s'expliquait le bruit d'un roulement sourd qu'on percevait parfois dans la nuit lorsque le vent était porteur. Cazaubon, le charcutier, jura qu'il avait vu dans l'amas de cadavres un bras qui remuait encore. Peut-être cela venait-il du balancement de la voiture, mais il n'était pas impossible que des êtres encore vivants aient été mêlés aux morts.

Aujourd'hui, je ne peux dissocier de la mémoire de cette route de la honte la silhouette froide et hautaine du colonel. Je voudrais être sûr que le camp des Russes ait hanté, parfois, les nuits de l'arrogant commandant du stalag XVII-A.

Impresario

Le stalag ? Épreuve pénible bien sûr, mais je préfère dire que je n'y ai pas perdu mon temps : j'y ai fait mes universités. Il existait à Paris un centre d'aide aux étudiants prisonniers envoyant aux intéressés les livres qu'ils souhaitaient. En principe les ouvrages étaient vérifiés à leur arrivée au camp et revêtus du cachet *Geprüft* de la censure mais, nul n'est parfait, Spinoza, Stefan Zweig et bien d'autres auteurs interdits nous sont parvenus.

J'ai beaucoup lu. La bibliothèque du camp, que tenait Lucien Arnaud, l'agrégé, était riche. Le jour, la nuit, à la lueur d'une petite ampoule branchée secrètement, j'ai dévoré Thomas Mann, Proust, deux fois, complété mes lectures de Chateaubriand, Flaubert et Stendhal, appris par cœur des centaines de vers de Baudelaire et de Rimbaud. J'ai même lu Bossuet, c'était, il est vrai, un pari. Bref, je peux affirmer que quatre ans de captivité m'ont aidé à devenir un homme honnêtement cultivé.

*
* *

Encore fallait-il sortir des barbelés et revenir à la maison.

Je vous fais grâce d'une septicémie qui faillit m'emporter au lendemain de notre libération par l'armée Patton. Ma bonne étoile s'appela pénicilline. J'ai été – merci M. Fleming – l'un des premiers Français sauvés par ce remède miraculeux. Grâce à lui, ainsi qu'à un DC3 sanitaire et aux médecins de l'hôpital américain de Chalons, je me suis retrouvé vivant et pas trop mal en point à Paris, le Paris libéré du général de Gaulle.

Je vous épargne l'état d'âme du prisonnier rapatrié qui erre dans une vie qu'il ne reconnaît pas. Heureusement, la Sorbonne était toujours là. Encore un peu faiblard, mais résolu, je décidai de passer les deux certificats de licence qui me manquaient, une formalité puisque l'Université se montrait d'une grande indulgence envers les prisonniers libérés. Il me restait aussi à trouver le journal qui voudrait bien de moi.

Entre-temps je téléphonai à Paul Olivier qui m'avait envoyé au camp des lettres réconfortantes. Dans lesquelles il m'assurait qu'il me dénicherait un travail auprès de lui à mon retour. Le dandy des rings m'apprit qu'il avait abandonné le journalisme pour se consacrer à ses artistes, Raimu d'abord, mais aussi à d'autres vedettes :

— Viens me voir demain matin à mon bureau du 78, Champs-Élysées. Tu seras, si tu le veux, le secrétaire, l'adjoint, le premier collaborateur du principal impresario de Paris !

*
* *

Même en tenant compte de l'exagération marseillaise, je me fis mon petit cinéma avant de m'endormir. Je m'imaginais, sans y croire vraiment, en costume à rayures, cravate et pochette de soie discutant de contrats avec les producteurs et déjeunant au *Fouquet's* en compagnie de Raimu.

Lorsque je le revis, Paul Olivier n'avait pas changé. Élégant, jovial, son accent marseillais carillonnait dans son bureau muré d'acajou comme autrefois dans la salle de rédaction de *Paris-Soir*. Après les premières effusions, il baissa la voix pour me demander avec gentillesse comment j'allais, si je n'avais pas trop souffert dans mon stalag, et me conseiller de ne plus songer qu'à l'avenir.

L'avenir, ce ne pouvait être mon journal fétiche, *Paris-Soir*, titre interdit car souillé par les Allemands et les journalistes collabos. Mais, pourquoi pas la liste prestigieuse des artistes que Paul avait sous contrat ? Il me la détailla avec jubilation :

— Figure-toi que Jean Gabin et Marlène, à leur arrivée à Paris il y a un mois, m'ont confié leurs intérêts ! Avec Jules, nous avons un fabuleux trio de vedettes !

Il disait « nous » comme si j'étais son associé.

— Et il faut y ajouter Jean Tissier qui tourne actuellement *Une fille à Papa*, René Dary qui a le premier rôle dans *120, rue de la Gare*, Alain

Bernard qui joue avec Raimu *Les Gueux au Paradis*, Suzy Carrier et Saturnin Fabre qui commence *Les J3* aux Studios de Boulogne. J'ai aussi dans la maison Sophie Desmarets, une débutante qui a du talent. C'est la fille de Bob Desmarets, le directeur du Vel'd'Hiv. Mais tu connais le gros Bob, toi qui as fait dans le vélo !

Si le jeune pigiste n'avait pas eu à connaître le gros Bob, la liste des clients de Paul l'impressionnait !

— Je te les présenterai. Après tu iras les voir en tournage. Ils aiment bien qu'on prenne soin d'eux. Tiens, je t'invite à déjeuner chez moi, ainsi tu connaîtras ma femme. Ensuite nous irons voir Saturnin qui m'a téléphoné ce matin, il a des difficultés au studio.

C'était beaucoup pour une première matinée, mais diablement excitant. Paul habitait rue du Bois-de-Boulogne, près de la porte Maillot. Mado, sa femme, très belle, se montra adorable. Elle me confia que son mari lui avait souvent parlé de moi et qu'elle était contente de savoir que j'allais l'aider au bureau.

*
* *

Dans le métro, Paul Olivier m'avait expliqué que Saturnin Fabre n'avait rien du client facile.

— C'est la terreur des producteurs. Ils l'engagent tout de même car il est irremplaçable : son nom au générique assure la rentabilité d'un film.

Quand nous arrivâmes aux Studios de Boulogne, nous comprîmes qu'il se passait quelque chose d'anormal. Les projecteurs étaient éteints ; Gisèle Pascal, le premier rôle féminin, lisait dans un coin et le metteur en scène Roger Richebé était absent.

— C'est la grève ? s'enquit Paul auprès d'un technicien. Où est donc Saturnin ?

— Dans sa loge. Il refuse de tourner tant qu'il n'aura pas touché sa première semaine. Dans un sens il a raison, mais il fout le planning du film en l'air.

— Viens, me dit Paul. On va le voir.

Nous découvrîmes Saturnin Fabre en chaussettes et caleçon long, en plein exercice d'assouplissement. Il s'arrêta et demanda à l'impresario si j'étais l'envoyé du producteur venu lui apporter son argent.

— Non. Jean Diwo est mon nouveau secrétaire, mon adjoint, mon chef de cabinet quoi !

Saturnin me lança le regard farouche qui faisait rire aux éclats les salles de cinéma, puis s'adoucit en me tendant la main.

— Je me demandais, dit-il à Paul, ce que tu pouvais faire des commissions exorbitantes que tu prélèves sur les contrats des malheureux comédiens. Eh bien ! je suis fixé : tu t'offres un chef de bureau. Au fait, ils sont combien dans ton cabinet ?

Le comédien se comportait vraiment dans la vie comme au cinéma : en halluciné intermittent. Après un regard terrible, il revint à la seule chose qui l'intéressait : le règlement de la semaine de tournage qui lui était dû. Mais il s'y prit d'une drôle de façon :

— J'arrête le film parce que je suis malade. Va dire à monsieur le producteur qu'il vienne en personne prendre de mes nouvelles.

Paul réapparut au bout d'un moment accompagné de Raoul Zirconis et, aussitôt, Fabre recommença de se plaindre :

— J'ai très mal, monsieur le producteur, j'ai mal là ! dit-il en frappant sa main sur sa fesse droite, à la place du portefeuille. Il me faudrait très vite un cataplasme d'oseille bien fraîche.

Raoul Zirconis connaissait son Saturnin par cœur et comprit immédiatement de quoi il souffrait.

— Très bien, monsieur Fabre. Chaussez-vous et allez au maquillage. Mme Dufour est partie à la banque et vous aurez votre cataplasme d'oseille avant une heure. Mais, de grâce, ne retardez pas le tournage, sinon je perdrai tant d'argent que je serai obligé de renoncer au film et que vous ne toucherez rien du tout.

M. Fabre se calma sans perdre son ton tragique :

— Très bien mais je veux de l'oseille fraîche. Pas de chèque, surtout !

*
* *

Je serais bien resté pour assister à la suite du tournage mais Paul déclara :

— Il faut y aller. Viens petit, j'ai un rendez-vous important à cinq heures.

Il me laissa au coin de la rue Pierre-Charron et me tendit une clé :

— Tiens, c'est la clé de ton bureau. Va y passer une heure ou deux. Réponds au téléphone, note les appels. Et demain, sois fidèle au poste à dix heures et demie. Nous parlerons du noble métier d'impresario. Et nous irons voir Gabin.

J'ai su très vite en quoi consistaient les rendez-vous de cinq heures. Je travaillais depuis une dizaine de jours chez lui quand il m'éclaira. Ce n'était pas une maîtresse qu'il partait retrouver chaque jour dans l'arrière-salle d'un bar de la rue Quentin-Bauchart, mais... la Canebière !

— Je te confie un secret. S'il était dévoilé, nous serions assaillis par les importuns et Jules deviendrait furieux. Nous nous retrouvons chaque après midi entre Marseillais pour jouer à la belote. Avec Raimu, Charpin, le petit Maupin et parfois Pagnol lorsqu'il se trouve à Paris. La belote de cinq heures, tu vois, c'est sacré. Ne viens donc me voir qu'en cas d'extrême urgence.

Je compris qu'il me livrait là une belle preuve de confiance. Je ne suis d'ailleurs allé qu'une fois dans le bar des Marseillais. Pour le prévenir que sa femme avait eu un malaise et qu'une ambulance l'avait conduite à l'Hôpital Américain de Neuilly. Je revois le visage soudain inquiet de Paul quand il posa ses cartes et se contenta de dire : « Il faut que j'y aille ! », comme aujourd'hui dans les séries américaines. Sous le regard compatissant de Raimu, il fila vers la sortie.

*
* *

J'eus vite conscience que mes fonctions de vice-imprésario ne seraient guère absorbantes. J'étais même le patron au bureau, Paul n'y venant pas souvent. Parfois, heureusement, il m'emmenait avec lui dans un studio et je pouvais approcher les cracks de l'écurie. René Dary était gentil, Suzy Carrier adorable et Sophie Desmarets m'aimait bien.

Comme elle ne tournait pas souvent, elle montait me tenir compagnie au quatrième du 78 des Champs, le passage où se croisaient toutes les têtes du cinéma. Sophie avait été élevée dans le monde du vélo. Elle connaissait tous les champions de la piste sur lesquels régnait son père, l'imposant Bob Desmarets. Et me parlait souvent des grands soirs du Vel'd'Hiv, des Six-Jours, de Wambst-Laquehay, de Faudet, Marcillac et de Toto Grassin.

J'étais aussi quelquefois envoyé en mission. Paul, qui versait volontiers dans le genre emphatique, appelait ainsi les rapports qu'entretenait le bureau avec le trio des grands, Raimu, Gabin et Marlène Dietrich. Je fus ainsi chargé, un matin, d'aller faire signer un papier à la grande Marlène. Elle occupait un appartement avenue Montaigne, au-dessous de celui de Jean Gabin. Je frappai à la porte du cinquième et m'attendais à être accueilli, comme au cinéma, par une soubrette avec tablier de dentelle. Stupéfaction : Mme Marlène Dietrich m'ouvrit elle-même et me fit entrer dans la cuisine où une tranche de pain commençait à brûler. Le visage enduit de crème, la star était vêtue d'un peignoir de bain, traînait aux pieds des mules fatiguées et portait sur ses cheveux une serviette nouée en turban. Elle eut vite fait de signer la feuille que j'avais apportée, de me la rendre et de me dire : « Merci monsieur, au revoir monsieur. » L'entrevue n'avait pas duré plus de deux minutes mais c'était tout de même une fameuse aventure d'avoir été reçu, chez elle, par la Lola de *L'Ange bleu* !

Au retour, Paul Olivier me demanda comment j'avais trouvé Marlène. Je relatai la rencontre en m'étonnant d'une simplicité si peu conforme aux mœurs d'Hollywood. L'impresario me confia alors :

— C'est drôle. Tu me fais penser à ce que m'a dit un jour mon ami Billy Wilder : « Marlène, en fait, c'est une *hausfrau* allemande, ce qu'elle préfère, c'est frotter le parquet et faire des œufs. » Mais ne va surtout pas raconter cette histoire !

*
* *

Un jour, une autre « mission » m'a conduit à m'occuper des intérêts de Jean Gabin. Il ne s'agissait pas là non plus d'un contrat mais d'une tâche modeste. Paul m'avait chargé d'aller régler la facture du gaz de M. Jean-Alexis Moncorgé à l'adresse du 24, rue de Tilsitt, l'appartement où il avait un temps habité.

— Il faut toujours payer son gaz, m'avait-il expliqué. Jean Gabin ne l'a pas fait depuis la guerre et la Compagnie le menace d'une retenue sur salaire s'il ne règle pas les douze mètres cubes dont il reste redevable ! Ce qui la ficherait mal. Alors je te confie le soin d'arranger l'affaire et de payer ce qu'il doit.

Je présentai donc la dite facture au guichet de la succursale de la rue des Sablons. Où le préposé me regarda d'un œil sévère. Tiens, pensai-je, Saturnin serait parfait dans le rôle.

— C'est vous qui ne payez pas vos factures ?

— Non, c'est Pépé le Moko ! répondis-je pour faire l'intéressant.

L'employé du gaz, pas un rigolo, prit mal la chose, me pria de ne pas se foutre de lui et me demanda :

— Alors ? Êtes-vous oui ou non Jean-Alexis Moncorgé, débiteur de douze mètres cubes à la Compagnie du gaz ?

— Non. C'est Jean Gabin.

Je sentais l'homme devenir enragé derrière sa grille, aussi eussè-je toutes les peines du monde à lui expliquer que Moncorgé était le vrai nom de l'acteur Jean Gabin et que celui-ci m'avait chargé de payer ses dettes. Je crois bien qu'il ne m'a pas cru ou m'a pris pour un fou mais il a tout de même encaissé l'argent.

Paul Olivier me félicita :

— Très bien, Jean ! Ce sont des petits services qu'un impresario doit rendre à ses poulains. Tu ne vois pas le lieutenant Maréchal de *La Grande Illusion* aller payer lui-même ses arriérés de gaz !

*
* *

C'est ce jour-là que Paul m'a tendu son carnet d'adresses en me recommandant :

— Copie-les. Si elles ne te servent pas aujourd'hui, elles te seront utiles quand tu seras le grand journaliste que tu rêves de devenir.

Ce carnet, soigneusement recopié à l'encre bleu nuit Waterman, je l'ai aujourd'hui sous les yeux tandis que j'écris ma courte vie d'impresario auxiliaire. Il est en triste état, déchiré, fripé, n'a plus de couverture, ses pages se délient, mais tous les noms, adresses et téléphones restent bien lisibles. Il épate Martin et Charles, mes deux petits-fils... Tenez, pour vous montrer que je n'invente rien, sachez qu'en 1945, Raimu habitait au 17, rue Washington et que son téléphone était Balzac 16-40 ; que Bernard Blier, depuis longtemps libéré du stalag XVII-A, répondait au numéro Jasmin 64-93, Arletty à Danton 47-48, Jules Berry à Littré 27-29. J'arrête une liste de deux ou trois cents célébrités aujourd'hui presque toutes disparues. Sauf Sophie Desmarets qui demeurait 1, rue Andrieux et que j'ai revue il n'y a pas longtemps, belle et joyeuse, à une séance de dédicaces où elle signait son délicieux livre de souvenirs.

Abandonnons le gotha du septième art. À la fin du carnet, je retrouve, avec le calendrier des artistes tournant sous les couleurs de Paul Olivier, leur cote de l'époque. Le prix des trois grands restait secret mais Jean Tissier touchait 400 000 francs par film, Sophie Desmarets 200 000, René Dary 500 000, Saturnin Fabre 120 000 par semaine... Des francs de l'époque bien sûr. J'ai essayé de savoir combien cela faisait aujourd'hui. D'après l'INSEE, Jean Tissier gagnait autour de 130 000 euros par film.

*
* *

Je suis resté quelques mois à travailler avec Paul et je lui suis reconnaissant de m'avoir remis en selle de la plus agréable des façons.

Salut Paul ! Il est cinq heures. Sans déranger au ciel ta partie de belote avec Pagnol et Raimu, sache que cela va bien pour moi et que ton carnet d'adresses m'a bien aidé ! Merci encore.

Faits divers

Comme au temps du Quartier latin, je voulais trouver un emploi dans un journal. Tout en secondant Paul Olivier, je cherchais parmi la flopée des quotidiens nés de la Libération celui le plus conforme à mes goûts. Tous revendiquaient leur liberté, mais quelle liberté ? La pénurie de papier avait d'abord obligé le gouvernement à limiter à un seul feuillet, recto verso, la pagination des quotidiens. Le rationnement s'était peu à peu arrangé mais, à l'automne, faute de papier et de lecteurs, beaucoup de feuilles nouvelles étaient tombées des kiosques. Restaient tout de même *L'Aurore*, *L'Aube*, *Combat*, *Franc-Tireur*, *Défense de la France* qui deviendra *France Soir*, *Libération*, *Résistance* et *Ce Soir*, quotidien qui s'était installé dans l'immeuble de mon cher *Paris-Soir*, squatté par les Allemands durant toute l'Occupation et récupéré par les communistes.

Et puis il y avait *Le Parisien libéré*.

*
* *

Paul Olivier, qui s'intéressait encore de loin à la presse, m'avait dit que son directeur était Claude Bellanger, un grand résistant qui, pendant la guerre, avait camouflé son réseau derrière une organisation officielle d'aide aux étudiants prisonniers. Je réalisai qu'il s'agissait du principal pourvoyeur de notre bibliothèque du camp et que j'avais souvent correspondu avec lui.

Avec maintenant ses quatre pages, *Le Parisien libéré* n'était ni meilleur ni pire que ses confrères mais son titre, coup de génie de son inventeur, un étudiant résistant devenu journaliste, avait drainé un grand nombre des lecteurs du *Petit Parisien* interdit pour avoir continué de paraître sous direction allemande. Ainsi, alors que la montagne des titres nouveaux s'écroulait, le *Parisien libéré* prenait un essor qui lui permettait d'attendre confortablement des temps meilleurs.

Je décidai donc de tenter ma chance. J'obtins facilement un rendez-vous avec Claude Bellanger qui me reçut dans un somptueux bureau des Champs-Élysées, à deux pas de celui de Paul Olivier. La rencontre s'engagea dans une ambiance cordiale mais faillit se terminer en désastre, un peu dans le genre de Charlot reporter.

Après m'avoir écouté raconter mes débuts à *Paris-Soir* puis quelques événements de ma captivité, M. Bellanger, je le sentis, était prêt à m'engager. Il ne l'avait pas encore dit mais avait déjà sorti du tiroir de son bureau une bouteille de Cinzano et deux verres qu'il remplit avec une méticuleuse attention en me disant :

— Les alcools sont encore rares, ils ne figurent pas sur les cartes de rationnement.

Il allongea le bras au-dessus des papiers posés devant lui pour me tendre mon verre et là, patatras ! Je ratai le gobelet dont le contenu se répandit sur les dossiers qui, chez un directeur, ne pouvaient qu'être importants.

« Oh ! Ah ! » Nos exclamations se croisèrent. Je balbutiai des excuses, sortis mon mouchoir pour tenter d'essuyer le Cinzano qui larmoyait sur une reliure portant le titre glacial de « Bilan », mais M. Bellanger m'interrompit d'un geste. Il appela sa secrétaire et lui dit :

— Monique, je suis un incorrigible maladroit, voulez-vous réparer cette infortune ?

Deux évidences m'apparurent : il y avait du Corneille chez M. Bellanger, qui pardonnait mon offense, et ma maladresse n'occultait pas mes chances. Il m'invita d'ailleurs à quitter la zone inondée et à m'installer, face à lui, dans un autre fauteuil. Toujours avec minutie, il emplit à nouveau mon verre et porta simplement un toast :

— Buvons, cher Diwo, à votre arrivée dans la famille du *Parisien libéré*. Vous commencerez dès demain si vous le voulez.

J'étais entré à *Paris-Soir* par la petite porte de la pige, j'arrivais au *Parisien libéré* par celle de la cuisine. Et, cette fois, avec un engagement ferme qui faisait de moi un journaliste à part entière.

*
* *

La rédaction logeait dans les anciens locaux du *Petit Parisien*, rue des Petites-Écuries. L'immeuble était vieux, le mobilier chancelant, les murs n'avaient pas été repeints depuis l'avant-guerre mais il montait du sous-sol, où se trouvait l'imprimerie, des exhalaisons capiteuses.

— Tu sens, me dit Bresson, le secrétaire général de la rédaction en m'accueillant, cela embaume le plomb fondu qui est la sève du journalisme. Celui qui ne supporte pas cette odeur forte et pénétrante n'a rien à faire dans le métier !

Je compris vite que Bresson représentait l'âme du journal. Par sa fonction, bien sûr, mais aussi parce qu'il était l'un des rares vrais professionnels de la rédaction. Il avait travaillé avant la guerre durant dix ans au *Matin*, le concurrent du *Petit Parisien*. Il savait mettre en page une « une », ne pas étouffer une tourne et choisir avec une sûreté infaillible les caractères d'un titre.

Les rédacteurs étaient pour la plupart des étudiants qui, à la Libération, s'étaient engouffrés dans la porte grande ouverte du journalisme renaissant. Bellanger avait bien choisi. En six mois, la plupart de ces jeunes avaient acquis les réflexes des bons professionnels, et certains feront une brillante carrière.

J'ai dit que j'étais entré par la porte de la cuisine. Ce n'est pas une tournure de style. Le rédacteur en chef, Jean Forgeot, me fit bon accueil et me dit, en lorgnant ma réaction :

— On va vous confier la rubrique la plus importante et la plus lue du journal.

Un temps, et il continua :

— Celle du rationnement. Chaque matin, avant même de lire les titres de la une, le lecteur cherche la liste des tickets validés. A-t-il droit à 100 grammes de beurre, à deux kilos de pommes de terre ou à 250 grammes de lentilles ? La question intéresse plus les Français que la naissance de l'Organisation des Nations unies.

J'en fis beaucoup en déclarant : « Il n'y a pas de petites tâches dans le journalisme », mais Forgeot ne tiqua pas. Il continua :

— Rassurez-vous, vous aurez d'autres occupations. Il vous revient de montrer que M. Bellanger a eu raison de vous engager. Maintenant, il faut fêter votre arrivée. Descendons au *Parigot*, le bar qui est juste à côté.

Le bistrot étant plein, nous eûmes du mal à trouver une place au zinc assiégé par les typos de la première équipe – qui prenaient des forces avant de descendre au marbre – et par cinq ou six jeunes gens en costume trois pièces, journalistes sans doute. Tout le monde buvait sec. Le juliénas devait être la spécialité de la maison car c'est le mot qui sortait le plus souvent du charivari de comptoir.

Je n'avais guère envie de me mettre au beaujolais à dix heures du matin mais ce qui m'attendait se révéla pire. Sans me consulter, le rédacteur en chef commanda en effet deux Picon-bière. Et de m'annoncer :

— Il n'y a rien de mieux pour commencer la journée !

Je ne tardai pas à apprendre que Jean Forgeot marchait à cette potion amère jusqu'à l'heure de son déjeuner, qu'il accompagnait, à la *Brasserie du Nord*, faubourg Poissonnière, d'un double whisky et d'une bouteille de chablis. Après, c'était selon. Ou il disparaissait jusqu'à l'heure du bouclage, ou il s'enfermait et dormait dans son bureau.

À sept heures, pour le bouclage, il était réveillé et donnait son point de vue, en général sensé, sur la mise en page et les titres de la une. Cela, c'était les bons jours. Les mauvais, il arrivait ivre à la conférence, divaguait, se mettait en colère parce qu'on refusait ses idées. Au bout d'un moment on appelait le garçon d'étage qui le reconduisait, titubant, dans son bureau.

M. Forgeot aurait fait un bon rédacteur en chef sans le Picon-bière et le whisky mais travailler avec lui relevait certains jours du véritable enfer. Quand je pense que je l'ai supporté pendant huit ans, dont sept en qualité de chef des informations, je me dis qu'il fallait que la rédaction fût remarquable pour que *Le Parisien libéré* s'installe, malgré son chef, au premier rang des quotidiens français !

*
* *

Le journal était à ses débuts une coopérative née d'une subvention de l'État et de l'appui financier des membres les plus importants et les plus riches de l'OCM (Organisation civile et militaire), réseau très actif dans la Résistance qui avait obtenu, à ce titre, l'autorisation de créer un quotidien. Celui-ci comptait aussi des actionnaires aux revenus modestes, dits les « petits porteurs », lesquels rassemblaient les premiers collaborateurs du journal, à savoir une dizaine de journalistes, des secrétaires et même un coursier cycliste. Aucun typographe ne figurait sur la liste puisque l'intersyndicale du Livre, communiste, refusait tout lien affiché avec le capitalisme. J'étais venu trop tard pour posséder quelques actions du *Parisien libéré* mais je suivais, intéressé, la réussite de l'entreprise. Avec l'arrivée de papier de la Suède, de la Finlande et du Canada, le journal prospéra, gagna chaque jour de nouveaux lecteurs et s'offrit même un immeuble rue Réaumur afin d'abriter l'administration, la rédaction et une partie de l'imprimerie.

C'est à ce moment que j'eus connaissance de l'existence d'un certain Émilien, personnage mystérieux qui ne mettait jamais les pieds au journal, ne possédait pas plus d'actions que Claude Bellanger, Jean Forgeot et quelques autres grosses têtes du conseil d'administration, mais semblait jouir d'une grande considération. J'appris bientôt qui était Émilien, par ailleurs appelé l'Empereur. Rusé, il avait réussi, à la naissance du *Parisien libéré*, alors que celui-ci se résumait à deux pages et naturellement aucun annonceur, à se faire octroyer la régie de la publicité. Ayant fondé avant la guerre une petite agence nommée pompeusement « Office de publicité générale », il avait offert au conseil de la ranimer et de la mettre au service du journal le jour où les annonces retrouveraient une place dans la presse.

— Merci Émilien ! s'exclamèrent ces messieurs qui lui confièrent par contrat le soin de gérer les intérêts publicitaires, alors virtuels, du quotidien.

Ils ne savaient pas, ces grands naïfs, qu'ils avaient offert à M. Émilien le moyen infaillible de devenir un jour le seul propriétaire de la poule aux œufs d'or de la nouvelle presse française.

L'arme était fatale. Le tirage augmentait, les affaires reprenaient et la pub déferlait dans les colonnes du *Parisien libéré*. Cela rapportait beaucoup d'argent, la modeste coopérative des débuts en recevait sa part et se transformait en affaire juteuse. Mais qui s'enrichissait personnellement avec le reste ? M. Émilien bien sûr, grâce aux commissions contractuelles prélevées par son agence ! Il ne restait plus au roublard qu'à attendre son heure pour commencer à racheter les actions à leurs possesseurs. Comme il en offrait un bon prix, les petits porteurs se laissèrent tenter les premiers, puis les gros propriétaires, contents de réaliser une affaire fructueuse, vendirent un à un leur paquet de 500 titres. Il ne lui fallut que deux ans pour devenir, grâce à ces rachats, monsieur le président Amaury, propriétaire majoritaire et patron souverain du *Parisien libéré*.

Cette curieuse appropriation d'une société coopérative n'a jamais été racontée. Aucune histoire de la presse n'en fait mention. Oubliés les agissements malins et les rouéries financières. Pour tout le monde, M. Amaury demeure l'heureux fondateur et propriétaire du *Parisien libéré*.

*
* *

Directeur des informations depuis cinq ans, je n'étais pas malheureux chez Émilien, lequel ne venait jamais au quotidien, préférant le diriger par téléphone depuis son « Aventin » de Chantilly. L'Empereur avait aussi un bureau dans l'immeuble des Champs-Élysées où, jadis, Bellanger m'avait offert une coupe de Cinzano. C'était son « Capitole », son *oppidum*, son temple des finances administré par un consul zélé.

Émilien, l'homme discret des débuts, s'était métamorphosé en tyran. Il harcelait les sénateurs des légions rédactionnelles politiques et étrangères, se faisait lire tous leurs articles au téléphone, les corrigeait, leur imposait des titres mais, par chance, m'ignorait et me fichait une paix impériale. L'affaire Dominici, le mariage du prince Rainier, l'actualité du cinéma ne l'intéressaient pas. Une seule rubrique relevant de mes attributions lui tenait à cœur, la danse classique, parce que prise en charge par une amie de sa fille. Cet art, intéressant mais tout de même confidentiel, occupa longtemps, à l'étonnement général, plus de place dans le journal que le théâtre ou le cinéma.

J'avais succédé, au poste de chef des informations (celui de Pierre Lazareff à *Paris-Soir*), l'un des plus insignes du journalisme quotidien, à un certain Paul Gandron, brave type un peu fruste qui venait du *Dauphiné libéré* et partageait avec le rédacteur en chef l'attachement zélé au Picon-bière. À en croire la rumeur, il avait laissé à Grenoble des souvenirs impérissables. On lui attribuait cette perle à propos du rapatriement, après la Libération, des cendres de Bayard à Pontcharra, sa ville natale. Chargé de rédiger le compte rendu de la cérémonie, Gandron avait fait son boulot avec application, en n'oubliant ni les drapeaux des anciens combattants ni aucune des personnalités présentes mais, dans un excès de zèle, il avait terminé son article par une phrase déconcertante que les correcteurs s'étaient bien gardés de couper : « Nous renouvelons à la famille éplorée nos sincères condoléances. »

Cette courtoisie envers les lointains descendants du *Chevalier sans peur et sans reproche* fit naturellement le tour des rédactions locales avant de suivre Gandron à Paris. On pensa qu'elle avait contribué, avec quelques autres avatars, au retour dans ses terres dauphinoises de ce chef hiérarchique que Claude Bellanger m'invita à remplacer.

Je connais des confrères qui ne tiennent pas en place et changent de journal à tout bout de page. Moi, je suis plutôt du genre casanier et me trouvais bien dans mon fauteuil de la rue Réaumur, entre mes téléphones, Mme Ricordeau, adorable secrétaire, et mon plateau à pipes. Je restais naturellement en relations amicales avec Paul Olivier, affecté moralement et financièrement par la mort de Raimu mais qui portait toujours beau au bar du *Fouquet's*. C'est là que j'avais plaisir à le retrouver, à droite de l'entrée, à la table où Jules avait l'habitude, l'été, de prendre son pastis.

Je passai ainsi sept ou huit ans, je ne sais plus, au *Parisien libéré* qui poursuivait son ascension malgré les positions politiques extrêmes et bizarres du président Amaury. Curieusement, le « journal des concierges », comme le surnommaient des confrères jaloux, en reprenant le qualificatif employé jadis pour *Le Petit Parisien*, possédait grâce à Bellanger une rédaction franchement intello. Avec Louis Martin-Chauffier, puis Robert de Saint-Jean, Pierre-Aimé Touchard, futur administrateur de la Comédie-Française, Jean Farran, André Bazin, le fondateur des *Cahiers du Cinéma*, Pierre Joffroy, Armand Gatti et mon épouse Jacqueline Michel critique de cinéma, le *Parisien libéré*, le plus populaire des quotidiens, affichait des signatures prestigieuses qui flattaient l'Empereur.

*
* *

— Mon cher Jean Diwo, vous allez avoir la Légion d'honneur !

C'est par cette phrase inattendue que Claude Bellanger m'accueillit dans son bureau un matin de décembre.

Il guetta un instant ma réaction derrière ses lunettes de myope et, devant mon enthousiasme mesuré, ajouta :

— Elle vous est décernée au titre du ministère de l'Information.

La pourpre me montait au visage. Non par fierté mais par étonnement. En outre, un bout de ruban rouge sur le tweed de ma veste habituelle ne me paraissait pas indispensable. J'osai un timide : « Vous croyez que.... » mais Bellanger balaya sèchement ma réserve :

— Vous devez cette distinction à Émilien et ce serait lui faire affront de ne pas lui en être reconnaissant.

Les décorations, il est vrai, ornaient les boutonnières des principaux sénateurs et préfets de l'Empire, qu'ils appartinssent au Sénat ou aux Provinces. Émilien, évidemment, portait le canapé le plus doré et Bellanger le plus argenté. Forgeot n'avait droit qu'à la rosette. Cela pour vous dire que les médailles tenaient une grande place dans l'«Empire émilien». L'annonce à la maison de ma prochaine promotion reçut l'accueil que je prévoyais. Ma femme me dit, le regard ailleurs :

— Oh, tu sais ce que je pense des décorations !

*
* *

Profitant, quelques mois plus tard, d'un printemps précoce, je plantai dans mon jardin normand ce que j'appelais audacieusement un *mixed border*. Comme si les Français étaient capables de réaliser ces massifs où les plantes se succèdent avec la ponctualité de Big Ben dans des floraisons perpétuelles ! Je repiquais cependant avec précaution une euphorbe de Richmond quand la gentille demoiselle Saliou, qui venait tous les matins faire le lit et passer le balai, vint me prévenir qu'on me demandait au téléphone.

C'était mon vieil ami Jean Farran qui avait quitté quelques mois auparavant le *Parisien libéré* pour entrer à *Paris Match*. Il faut vous dire que Jean Prouvost avait fait une rentrée triomphale dans la presse en relançant son *Match* d'avant-guerre qui, en 39, frôlait le tirage de trois millions d'exemplaires avant de disparaître avec *Paris-Soir*.

En quelques mois, avec ses photos sensationnelles, ses reporters casse-cou et le talent de ses écrivains, le nouvel hebdomadaire avait reconquis une place considérable dans la vie française.

— Que fais-tu ? me demanda Farran.

— Je plante des euphorbes.

— Elles ne fleuriront jamais. Laisse tomber ta brouette, fais un salut romain à Émilien et sois demain matin à onze heures à *Paris Match*. Si tu plais à Gaston Bonheur, et tu vas lui plaire, tu seras engagé. Tu sais, c'est une maison formidable. On y entre comme en religion. Tout ce qui est mesquin au *Parisien* est ici généreux. Tu ne veux pas participer à cette fête, me rejoindre comme Croizard et Louis Martin-Chauffier ? Tu es d'accord ? Oui ? Alors à demain.

J'avais répondu sans hésiter à l'offre de Jean Farran. À vrai dire, sans me l'avouer, j'enviais souvent mes amis passés à *Match* mais quitter *Le Parisien libéré*, où Claude Bellanger m'avait accueilli et permis d'accéder à une situation inespérée, me paraissait délicat. Et qu'allais-je devenir dans cette rédaction qui foisonnait de talents et où je devrais me faire une place ?

Mais le sort en était jeté, j'avais dit oui à l'imprévu. Oui aussi au plaisir de retrouver dans l'ombre du mythique Jean Prouvost l'enthousiasme de mes débuts à *Paris-Soir*.

À moi Toutankhamon

Il y avait loin du building de la rue du Louvre, occupé maintenant par le journal communiste *Ce Soir*, au logis biscornu qui abritait le nouveau *Paris Match*. L'administration, la publicité, les services de vente et la rédaction tenaient dans un unique appartement haussmannien ! Il faudra des années – et beaucoup d'argent – pour déloger un à un les marchands de fringues, les sociétés d'import-export et les entreprises de tout genre locataires des cinq autres étages. En attendant, les chambres, salons ou salles à manger qui avaient gardé leurs tapisseries d'origine, étaient partagés par des cloisons de bois hâtivement construites. Les portes étaient communicantes, les conférences se tenaient dans d'anciennes salles de bains et la caisse se voyait installée dans un réduit si petit que seul le caissier bossu pouvait s'y incruster.

C'est ce capharnaüm où s'entassaient les talents que je découvris en poussant la porte du premier étage du 51, rue Pierre-Charron. Gaston Bonheur – dont Jean Farran m'avait dit : « C'est le poète de l'actualité » – me reçut dans un couloir. Il me posa quelques questions de sa voix rocailleuse, me demanda d'où je venais. Je lui répondis « du faubourg Saint-Antoine » et cela lui plut. Il me regarda et lança à Farran :

— On cherche quelqu'un pour écrire le *Toutankhamon*, nous allons le lui confier.

Je compris que j'allais passer mon examen d'entrée à *Paris Match* dans la Vallée des Rois.

*
* *

Je rentrai à la campagne lesté d'une volumineuse documentation, d'albums, de dossiers dactylographiés. Plusieurs rédacteurs avaient travaillé sur l'affaire à Louxor, Londres et à Paris. Il me restait à reconstituer et à raconter, dans le style *Match*, la fabuleuse découverte du tombeau du jeune pharaon par Howard Carter et Lord Carnarvon.

Le style *Match* ! C'était toute la question. Basé sur l'efficacité, il devait donner au lecteur, dès la première ligne, l'envie de lire l'article jusqu'à la dernière. Gaston Bonheur en avait imaginé les règles qu'il avait transmises aux premières plumes du magazine. Et, de mots en phrases, de phrases en tournures, *Paris Match* avait trouvé sous sa férule bonhomme mais inflexible le langage de son succès.

Le style *Match*, je l'ai apprivoisé avant d'écrire mon article, en étudiant, en analysant, en disséquant ceux d'une dizaine de vieux numéros.

Et aussi en méditant le dogme que Farran m'avait révélé :

— C'est simple, chaque paragraphe doit commencer par une phrase forte, le genre du gong sur un ring, se poursuivre par des informations précises, claires, sans mots inutiles et s'achever sur une image sensible, un peu romantique. Si tu bâtis comme cela ton article, il est bon pour l'imprimerie !

*
* *

Mon article, dix-huit feuillets, fut accepté et parut quelques semaines plus tard illustré des meilleures photos noir et couleur sélectionnées dans le monde entier.

Roger Thérond, le rédacteur en chef, me dit sa satisfaction :

— Votre évocation de la découverte du tombeau de Toutankhamon est excellente. On n'y a ajouté que des inters. Vous êtes donc engagé en qualité de rewriter reporter. Allez voir M. Roux, l'administrateur général, pour signer votre contrat.

Chez le pape avec Mendès

Sous Mendès France on ne jetait pas l'argent par les fenêtres. Pour son voyage d'État à Rome et sa rencontre avec le Saint-Père, ni avion ni wagon spécial réservé aux accrédités. Chaque rédaction désireuse d'accompagner le président du Conseil devait en assumer les dépenses. C'est donc muni de la provision réglementaire que me versa M. Pierre, le caissier bossu, que je m'embarquai. Gare de Lyon.

Deux photographes m'accompagnaient, Jean Roy et Jean Mangeot, des intimes d'André Lacaze, celui qui menait avec une gouaille de gagneur la bande effrontée des reporters. Dédé – on ne l'appelait que comme cela – ne les avait pas désignés par hasard. Ils m'avouèrent plus tard qu'il leur avait demandé de m'observer afin de savoir qui j'étais vraiment et si j'étais adoptable.

Il est vrai que mon choix pour le voyage romain étonnait. Il n'y avait que trois semaines que j'étais entré à *Match* et je devais au hasard le fait qu'on me confie un reportage aussi important ; une grippe clouait au lit Jean Farran qui devait suivre Pierre Mendès France à Rome et chez le Pape.

J'étais un peu inquiet car il s'agissait d'un événement politique et la politique n'appartenait pas à mon domaine. Raymond Cartier me rassura un peu en m'expliquant qu'à mon retour un dossier m'attendrait qui disséquerait les questions techniques traitées durant les entretiens et les conférences qui allaient se dérouler à Rome, puis à Baden-Baden où Mendès devait ensuite rencontrer le chancelier Adenauer.

— Il vous restera à raconter à la France le voyage, comme si vous n'aviez pas lâché Mendès d'une semelle ! avait conclu, en me souhaitant bonne chance, le maître à penser politique du 51, rue Pierre-Charron.

*
* *

J'ai sous les yeux, en commençant ce chapitre, le numéro 304 de *Paris Match* daté du 22 au 29 janvier 1955. Il ouvre sur mon article que je redécouvre, cinquante ans après, avec une curiosité amusée. Le récit suit pas à pas, comme si on y était, le Premier ministre dans ses va-et-vient entre l'ambassade de France et le Quirinal en passant par la visite au Pape. Les conférences étaient techniques, financières. L'audience du Saint-Père qui, le 12 janvier, coïncidait avec le quarante-huitième anniversaire de Pierre Mendès France, constituait un événement considérable que suivait l'ensemble de la presse internationale.

Tout était dit dans le titre : « Avant les grandes échéances politiques, le chef du gouvernement est allé chercher auprès de Pie XII, Scelba et Adenauer une augmentation de son capital prestige. » L'article lui-même se voyait surmonté d'un bandeau explicite : « Pour que Mendès France ne s'incline pas trois fois, le Pape avait fait placer son bureau près de la porte. » Je n'étais pas là évidemment, mais le tuyau m'avait été passé par le premier secrétaire de l'ambassade de France.

Les intertitres, ajoutés pendant la nuit du bouclage, sont un sublimé du style *Paris Match* d'alors. On y sent la patte de Gaston Bonheur : « Une recette culinaire consacre la popularité du Président », « Au Vatican, le chronomètre de l'ambassadeur mesure le succès », « Le pape lui enseigne le secret de la vraie grandeur », « Après la tempête, un arc-en-ciel sur Baden-Baden », et enfin, pour conclure : « C'est à la Chambre que le cyclope attend Mendès-Ulysse. »

*
* *

Jean Roy et Jean Mangeot avaient travaillé de leur côté, rôdé autour de la résidence de l'ambassadeur François-Poncet, où logeait le président du Conseil, guetté Mme Mendès France dont la presse italienne célébrait la distinction, l'élégance et la simplicité.

Nous nous retrouvions au déjeuner ou en fin d'après midi à l'*Hôtel de la Ville*, près de la place d'Espagne, pour étudier le programme de la visite.

Dès le premier jour, une difficulté avait surgi : nous étions invités à la réception au palais Farnèse mais il était spécifié sur le carton « habit et robe longue ». Et nous n'avions ni habit ni même smoking dans nos valises.

— « T'inquièt' », me rassura Jean Roy dans l'idiome singulier de la rédaction où l'on parlait de « gamberge », où l'on ne venait pas mais où l'on « se pointait », où « t'occup' » revenait à tout bout de champ.

Comme ce « Pousse-toi papa ! », lancé un jour par Michou Simon, un photographe pressé, au général Weygand qui attendait devant le comptoir des gardiens qu'on le conduisît chez Jean Prouvost. « Pousse-toi papa ! » à l'ancien généralissime, chef d'état-major de Foch durant la Grande Guerre, artisan du débarquement des Américains en Afrique du Nord et qu'on savait de descendance royale ! L'apostrophe demeure l'une des perles du style *Match* de l'époque. Pas irrévérencieuse mais significative de l'esprit « rien à foutre » de la rédaction.

Revenons à notre vestiaire romain.

— T'inquièt', lança Jean Roy. Nous allons louer des habits.

Sollicité, le concierge, ami précieux des envoyés spéciaux de *Match*, leva les bras au ciel :

— Un habit pour demain ? Mais vous n'y pensez pas ! Rossi et Tardini, les deux spécialistes du louage, ont dû engager tout leur stock depuis quinze jours. C'est comme cela chaque fois qu'il y a une grande réception. Les Romains se précipitent !

Justement, Dédé Lacaze appelait pour demander si tout allait bien sur les bords du Tibre.

— Non, répondit de sa voix traînante Jean Mangeot, nous n'avons pas d'habit pour la réception de l'ambassade.

— Vous n'avez qu'à en louer !

— Impossible, tout Rome est passé avant nous.

— Alors louez une voiture et allez les chercher à Naples.

C'était du Lacaze tout craché. Irréaliste vu le peu de temps qui nous restait. Mais, aux grands maux les grands remèdes : en reportage l'argent n'était pas un obstacle.

— Essayez le smoking, suggéra alors le concierge. Il y en aura d'autres, ce soir, au palais Farnèse. Attendez, je téléphone.

Au bout d'un moment il nous livra le résultat de la gamberge :

— Rossi a encore trois smokings, un de taille normale et deux petits. À votre place, je sauterais dans un taxi !

C'est ce que nous fîmes et, *t'inquièt'*, la situation se révéla catastrophique. Le *signor* Rossi, en personne, tira de leur housse trois smokings et nous déclara :

— Ce n'est pas fameux, mais je n'ai pas autre chose.

Et se tournant vers moi :

— Tenez, me dit-il, vous êtes le plus grand, essayez celui-là.

Mes deux compères passèrent les pantalons qui allaient à peu près mais pas les vestes, trop étroites :

— Si vous ne les boutonnez pas – je ne vois d'ailleurs pas comment vous pourriez le faire – cela devrait aller, décréta le loueur.

Pour moi, il s'agissait d'une autre paire de manches. Elles étaient non pas serrées mais trop courtes. On n'aurait pu n'y voir que du feu, si le pantalon n'avait suivi en s'arrêtant dix centimètres au-dessus des chaussures. Le maître tailleur y regarda de plus près et lança son verdict :

— Je peux vous l'allonger de trois centimètres, pas plus ! Le prenez-vous ? Gildo va vous l'arranger tout de suite.

Je questionnai du regard mes deux amis, saucissonnés et pas fiers.

— C'est pas terrible, admit Jean Roy, mais prends-le, on se fera discrets.

À l'hôtel, nous retrouvâmes notre confrère Jean Sonkin, du *Parisien libéré*. Il avait, lui, retenu le dernier smoking chez Tardini et sa petite taille l'avait sauvé. Il nous confia que veste et pantalon lui allaient plutôt bien.

— Il n'y a qu'un pépin, ajouta-t-il, je me suis aperçu que mes souliers noirs avaient des semelles de crêpe blanc !

— C'est déjà plouc avec une tenue sport mais avec un smoking tu vas faire sensation, répliqua Mangeot. Ne peux-tu pas aller acheter des pompes noires ?

— Pas possible : nous sommes un jour férié et les magasins sont fermés. Je n'ai trouvé qu'une solution. J'ai demandé du cirage au valet et réussi à noircir le bord de mes semelles.

*\
* *

Nous avions tous vu *Les Branquignols* au théâtre Hébertot et c'est en pensant à Robert Dhéry, Colette Brosset, Jean Carmet et à leur bande que les représentants de *Paris Match* honorèrent l'invitation de Son Excellence l'ambassadeur de France André François-Poncet. Comble du burlesque, la fine équipe était accompagnée de Mirella, la splendide secrétaire du bureau de Rome, une jeune Romaine au corps de déesse qui s'était fait prêter une robe sublime par Forsati, le plus grand couturier de la ville.

Les salons du palais Farnèse scintillaient de plastrons médaillés, de jupes longues et de corsages perlés. La moyenne d'âge étant celle des grands raouts diplomatiques, avec Mirella à mon bras je pouvais prétendre être classé parmi les plus jeunes. Dans l'alignement des dignitaires français et italiens dont il fallait serrer la main au passage, Pierre Mendès France faisait lui aussi jeunet. Il savait qui j'étais, me gratifia de deux mots sur *Paris Match* et me glissa d'un air complice en regardant Mirella :

— Toutes mes félicitations !

Mais je le vis aussi sourire en fixant le bas de mon pantalon et je lui dis d'un geste de la main :

— Hé oui, monsieur le Président !

Jean Roy et Jean Mangeot avaient, eux, échappé au défilé protocolaire en cherchant dans l'assistance des têtes à photographier. Je les vis s'attarder autour de Lily Mendès France qui parlait de peinture avec l'élégante Mme Martino, la femme du ministre des Affaires étrangères, l'homme le plus élégant de la soirée dont le charme rappelait celui de Vittorio de Sica dans *Madame de...*

Et la soirée passa, sans grand intérêt pour mon article. J'aurais évidemment aimé assister à la réunion improvisée dans un petit salon entre Mendès France, Scelba et Martino mais le baron Scamacca, chef du protocole italien, barrait impitoyablement le chemin aux indiscrets.

Mirella, que j'avais perdue de vue depuis un moment, vint me présenter, avant de partir en sa compagnie, un attaché d'ambassade que je trouvai un peu bellâtre dans son habit bien coupé, mais sans doute n'étais-je pas impartial. Je récupérai enfin mes complices qui avaient posé leurs appareils sur une table et buvaient un whisky dans un coin retiré du buffet. À leur côté, deux invités aux larges épaules, aussi mal fringués que nous, épongeaient la soirée au champagne. C'étaient deux inspecteurs des Renseignements généraux chargés de la sécurité du Président. Le Veuve Clicquot de l'ambassade les rendait bavards et j'en appris plus avec eux que durant toute la soirée.

Deux jours plus tard, je laissai à Rome Jean Roy et Jean Mangeot qui devaient faire un sujet sur Gina Lollobrigida et embarquai dans la micheline rouge du Président où Georges Boris, son collaborateur, m'avait – *Match* oblige – trouvé une place.

Le voyage jusqu'à Baden-Baden où deux autres reporters, Jean Durieux et Michel Simon, avaient été envoyés, me parut très long. Il pleuvait à torrent sur la Forêt-Noire quand Mendès France déclara sur le quai de la gare :

— Nous rentrons ce soir à 21 heures dernier délai.

Nous ne repartîmes qu'à trois heures du matin. Le « petit détour » s'était transformé en véritable conférence avec Adenauer et le ministre de l'Économie Erhard. À la réunion de presse, tout le monde avait l'air épuisé mais content. La micheline mena bon train jusqu'à... Meaux-Trilport où, sur la voie de garage n° 4, Mendès France avait décidé de s'octroyer trois heures de repos.

Dans la brume du matin, le voyage s'acheva enfin gare de l'Est. Edgar Faure, qui avait assuré l'intérim, attendait le président du Conseil. J'entendis Mendès lui dire en plaisantant :

— Heureux qui comme Ulysse...

Et Edgar Faure de répondre :

— Oui, mais le cyclope Polyphème t'attend derrière les colonnes de la Chambre.

Tiens, pensai-je, je tiens la chute de mon article !

Les photographes de *Match*

Lorsque j'étais arrivé à *Match*, Guillaume Hanoteau, l'une des meilleures plumes du journal, que j'avais connu à Saint-Germain-des-Prés, m'avait prévenu :

— M. Roux est bizarre. Il porte un binocle, un col dur et des guêtres en drap gris sur ses chaussures. Il ressemble à l'un de ces avoués qui, dans les vaudevilles de Feydeau, se retrouvent dans un mauvais lieu sur les genoux de petites femmes en porte-jarretelles. Cela dit, c'est un excellent homme.

Aucune caillette ne montrait pourtant ses jambes dans l'austère bureau où j'entrai pour signer mon contrat d'engagement. En face de l'administrateur se tenait, raide comme la justice, Pierre Vial, un homme tiré à quatre épingles, moustaches effilées, qu'on disait royaliste, homme lige de son prince, sorte d'officier de renseignements pas toujours franc de la salade. Je m'apercevrai qu'il pouvait, aussi, arranger bien des affaires.

À l'invitation de M. Roux, je déclinai mon passé en essayant de me mettre en valeur, parlai de la Sorbonne, de mes études mais il me coupa la parole. *Paris Match* était alors sans doute le seul journal au monde où l'on n'avait jamais demandé à un postulant son *curriculum vitae*. Seul mon passage à *Paris-Soir* avant la guerre intéressait M. Roux :

— Vous n'êtes pas nombreux dans la rédaction de *Match* à avoir connu, même comme pigiste, la grande aventure de *Paris-Soir*. M. Jean Prouvost sera content de vous revoir.

Je m'abstins de dire qu'à part ma rencontre du premier jour dans l'ascenseur je n'avais jamais croisé le grand homme. En revanche, j'écoutais, bouche bée, M. Roux me déclarer que *Paris-Soir* me devait une indemnité. Il me demanda combien de temps j'avais travaillé rue du Louvre et ajouta que le montant de ce pécule serait ajouté à mon premier salaire.

*
* *

Je le remerciais avec chaleur lorsque la porte s'ouvrit sur un grand blond au blouson de daim. Je m'aperçus, étonné, que cet élégant jeune homme tenait dans ses bras un bébé enveloppé dans un lange rose.

Aussi interloqué que moi, M. Roux se leva :

— Que venez-vous faire ici avec votre petite fille ? Elle est mignonne mais...

— Je viens vous la donner Monsieur Roux, coupa le visiteur avec insolence. J'espère que vous en prendrez soin !

Joignant le geste à la parole, il déposa le nourrisson sur le bureau.

— Vous êtes fou Vital ! Qu'est-ce que c'est que cette mascarade ? Reprenez tout de suite votre enfant et ramenez-le chez vous. Tenez, la pauvre petite commence à pleurer !

René Vital, l'un des photographes vedettes du journal, connu pour ses bonnes photos, sa manière de casser les voitures rapides, sa femme – un mannequin suédois – et ses humeurs vagabondes, expliqua dans un geste théâtral :

— Monsieur Roux, vous avez refusé ma demande d'avance et je n'ai plus un sou pour acheter du lait à ma fille. Alors, je connais votre grand cœur et vous la confie.

« M. Roux, m'avait dit Guillaume Hanoteau, est comme le père navré d'une famille nombreuse qui compte dans ses rangs pas mal de chenapans. Il a l'habitude de manier ces garçons, incontrôlables lorsqu'ils sont à Paris mais qui quittent le club de Saint-Germain-des-Prés pour risquer leur vie et rapporter rue Pierre-Charron la meilleure photo ou le meilleur article de la guerre de Corée ou du Viêt-Nam. »

Cette fois, pourtant, le malheureux semblait dépassé et lançait des regards inquiets vers Vial, dont la moustache tremblait. Enfin M. Roux trouva, en me désignant d'un geste théâtral, une réplique inattendue :

— Que va penser de votre geste M. Jean Diwo qui entre aujourd'hui officiellement dans la grande famille de *Paris Match* ?

Jean Diwo ne pensait rien mais René Vital, sur le visage duquel je crus saisir une esquisse de sourire, sentit qu'il gagnait. En effet, M. Roux, qui avait retrouvé son calme, mit fin au spectacle :

— Vital, reprenez votre fille et passez à la caisse pour recevoir de quoi lui acheter du lait et des petits pots.

*
* *

Quand je pense à « l'époque du grand *Match* », comme on appelle encore cette période des années cinquante que j'ai eu la chance de vivre aux premières loges d'une rédaction mythique, c'est l'image de Jean Roy qui me revient le plus souvent. Pas à cause du voyage à Rome mais d'une scène étrange et folle qui se déroula une nuit de bouclage rue Pierre-Charron.

Dans ce souvenir récurrent, Jean Roy surgit dans le couloir qui longe les bureaux silencieux où les cerveaux du journal fignolent les derniers titres du numéro.

Jean Roy, dont je venais d'apprécier la gentillesse à Rome, quelques semaines auparavant, était aussi le reporter aventurier idéal de bande dessinée, le baroudeur un peu fou mais si séduisant !

Lors du Débarquement il avait sauté en parachute à Sainte-Mère-Église ; à vingt ans, il avait été blessé à Bastogne et, entré à *Match*, il avait sauvé la vie en Indochine de son camarade le photographe Jacques de Potier.

Quand il surgit de ma mémoire, Jean Roy ne tient pas un stylo à la main mais une grosse perceuse électrique laissée dans un coin par un ouvrier. Et, comme un compagnon consciencieux, il se met à transpercer les portes des bureaux les unes après les autres en criant :

— Donnons de l'air aux abeilles laborieuses !

À cette heure, M. Roux n'est plus là pour lever les bras au ciel mais il y a Gaston Bonheur, Raymond Cartier, Roger Thérond et tout le peuple du rewriting dont je fais partie qui sortent et contemplent la scène sans trop d'étonnement – rue Pierre-Charron, voilà belle lurette qu'on ne s'étonne plus de rien – et qui demandent à Jean Roy de cesser le vacarme. « C'est un pari », dit-il simplement.

Gaston, le maître de la formule clé, trouve celle qui convient : « Il a pété les plombs ! » La tournure tombera dans l'oubli avant de réapparaître, si banale, à notre époque. C'est François Gragnon, son copain, qui se dévoua pour reconduire Jean Roy à son domicile.

*
* *

Le lendemain de cette nuit mémorable, à l'heure où les peintres, dubitatifs, rebouchaient les trous inexplicables des portes du deuxième étage, le perceur fantasque s'envolait pour l'Égypte, où l'Angleterre et la France disputaient, dans une guerre qui n'en était pas une, le canal de Suez au colonel Nasser.

Et puis le drame. Quelques jours plus tard, le 10 novembre 1956, vers onze heures, un garçon bouleversé apportait une dépêche à Roger

Thérond qui choisissait des photos. L'agence Reuter annonçait que Jean Roy et David Seymour, un photographe américain de l'agence Magnum, avaient trouvé la mort aux abords du canal de Suez.

Les deux reporters étaient partis à bord d'une Jeep dans le *no man's land* qui séparait les lignes anglaises des égyptiennes. Des sentinelles leur avaient déconseillé de s'aventurer plus avant mais ils avaient continué. Pour aller chercher sur le canal « la » bonne photo et l'article exclusif.

On retrouva un peu plus tard la Jeep, abandonnée dans le sable. À la place du numéro d'immatriculation, Jean Roy avait peint Balzac 00-24, l'indicatif téléphonique de *Match*.

La nouvelle plongea la rédaction dans l'hébétement. Comment croire que le sort puisse s'acharner ainsi sur la communauté de la rue Pierre-Charron ? La mort dramatique de Jean Roy succédait en effet au décès tragique de Jean-Pierre Pedrazzini, le plus pur, le plus beau des photographes de *Match*, touché par des balles russes un mois auparavant, le Leica à la main, durant l'invasion de Budapest.

La série noire, Dieu merci, s'arrêta là. Si quelques copains rentrèrent un peu éclopés d'Algérie, on n'eut plus de drame majeur à déplorer.

*
* *

Les photographes et les reporters supportaient mal l'inaction. Bravant les remontrances de M. Roux, ces jeunes gens en instance de mission inventaient, pour se distraire, des jeux pas toujours innocents. Il y eut ainsi la période des bombes à eau, celle des pétards dans l'ascenseur et celle des jets de fléchettes.

Souvent la plaisanterie tournait mal. Alors M. Roux devait faire les gros yeux et utiliser le seul pouvoir de rétorsion qui fût vraiment en son pouvoir : la suspension des avances sur appointements. Il l'annonçait à chaque crise dans des « Notes au personnel » qui feraient aujourd'hui s'esclaffer les DRH, ces gendarmes diplômés censés gérer les ressources humaines des entreprises. J'ai, par bonheur, conservé la note au personnel du 14 octobre 1958. Laquelle a sa place au rayon des insolites de *Paris Match*.

Note au Personnel

Pour la troisième fois en quelques mois j'ai été saisi ce matin par M. le Commissaire divisionnaire du Grand-Palais d'une plainte pour jet de matériel par nos fenêtres.

À plusieurs reprises, on a jeté des sacs en papier remplis d'eau sur les passants. Hier, on a projeté une corbeille à papiers sur la tête d'un agent en train de verbaliser contre la voiture de notre photographe, M. Gragnon.

Le bureau d'où a été jeté le panier, dont le contenu a permis de recueillir de précieuses indications, est connu.

Cela dit, si dans les 24 heures le coupable ne s'est pas dénoncé à moi-même, je prie le personnel de noter qu'il n'a plus à compter désormais sur la moindre faveur de ma part. Inutile de venir me demander des avances sur appointements. Ce n'est qu'un exemple... Mais il faut en finir.

Il est déplorable que, du fait de quelques imbéciles isolés, le bruit se répande dans le quartier, et ailleurs, que cette maison est pleine de jeunes voyous et que les agents du service d'ordre du VIIIe arrondissement soient désormais braqués contre tous les collaborateurs de Match et bien décidés à les arraisonner à toute occasion. Cela m'a été dit ce matin même.

Vous voilà bien avancés maintenant !

Quant à moi, je changerai d'attitude quand je connaîtrai le coupable.

L'Administrateur, André Roux.

*
* *

Et le ruban rouge ? Je n'y pensais plus. En fait de distinction, l'appartenance à *Paris Match* me semblait pour un journaliste beaucoup plus prestigieuse.

C'était bien ainsi car une lettre embarrassée de Claude Bellanger m'annonça qu'Émilien Amaury, apprenant ma démission, avait au dernier moment demandé au ministre de l'Information de rayer mon nom de la liste des promus. Ainsi, je méritais la Légion d'honneur au *Parisien libéré* mais pas à *Paris Match* ! J'ai juré ce soir-là à ma femme que je refuserais toute décoration qui, plus tard, me serait éventuellement proposée. J'ai tenu parole. Je me rappelle la réponse que j'ai faite à Hervé Mille, éminence grise de Jean Prouvost et ami à qui je dois beaucoup, le jour où il m'a informé, une nouvelle fois, que j'allais avoir la Légion d'honneur :

— Il n'en est pas question, d'ailleurs vous ne l'avez pas et le patron non plus.

— C'est vrai, me dit Hervé, Jean Prouvost trouve que cela fait vieux !

Maurice Croizard a hérité cette année-là de la croix qui, à la tombola écarlate, revenait à quelqu'un de *Paris Match*.

La chèvre de monsieur Chagall

Il est des souvenirs qui peinent à traverser le temps. Brumeux, ils ne reviennent à l'esprit qu'épars ou en désordre, quand ils ne refusent pas simplement de se montrer. D'autres fusent en bouquets et poussent parfois la délicatesse jusqu'à vous rappeler une odeur. Ah, le parfum du jardin de Chagall ! Il embaume d'un coup, frais et subtil, avec l'image où, accompagné de Pierre Vals, le photographe de *Match*, je pousse la porte du plus célèbre villageois de Vence.

— Entrez, mes amis, je vous ouvre la porte du paradis !

Chagall embrasse d'un geste le tableau qu'il a choisi de contempler jusqu'au dernier soir de sa vie, l'exubérant paysage méditerranéen qui paresse jusqu'à la mer.

Sous une auréole de cheveux blancs coiffés par le mistral, son visage où brillent deux yeux bleus malicieux frémit comme la chanterelle d'un violon :

— Regardez cette glycine, respirez ce jasmin, frôlez cette herbe folle douce comme du velours.

C'est en contemplant ce jardin – je n'oserai jamais le peindre – que j'ai eu la révélation du langage des fleurs. Depuis, je ne peux m'empêcher d'en placer dans tous mes tableaux, même dans les vitraux que l'État m'a commandés pour la cathédrale de Metz. Il y aura aussi des roses et des pivoines dans les décors de *Daphnis et Chloé* que je prépare pour l'Opéra. Vous aimez l'opéra ? Mon grand-père, le boucher, chantait le soir, assis sur la margelle du puits, les quelques grands airs qu'il connaissait. Tenez, c'est chaque fois la même chose, quand j'évoque mon enfance, les larmes me viennent aux yeux. Mais je parle, je parle... Venez donc découvrir le jardin.

*
* *

Chagall fixa un instant, en nous le désignant de l'index, un lézard qui paressait au soleil puis il nous entraîna faire le tour de la maison, toute blanche, discrète dans les fleurs et la verdure.

Pierre Vals, l'objectif en alerte, furetait, surprenait un geste, un sourire, une expression. Chagall, lui, marchait tranquillement, ne posait pas, laissait Pierre chercher le bon angle. Il fit seulement remarquer que les déclics du Leica avaient le ton aigu des stridulations des cigales. Et, riant comme un gamin, il nous montra sur le mur de la maison les dessins creusés à vif d'une tête de chèvre et d'une branche fleurie :

— Le maçon venait de partir, le ciment n'était pas encore sec et je n'ai pas pu m'empêcher de graver avec mon doigt, sur le mur frais, ces deux petites choses.

Nous savions, Pierre Vals et moi, comme il est délicat d'amener les gens importants à se plier aux contraintes du reportage. Rien à craindre avec Chagall. C'est lui qui, sans le chercher, mettait en place toutes les scènes. Il n'y avait qu'à le suivre. Un papillon, une fleur de capucine, le souvenir d'un gâteau tiré de la poche de son père... Clic ! Clac ! Chagall et Pierre Vals passaient joyeusement à la séquence suivante.

*
* *

Nous arrivâmes ainsi jusqu'à une porte en bois restée entrouverte. Il entra et nous dit de le suivre :

— Nous sommes chez mon voisin Robriard. Il doit être au mimosa. Ici, quand on n'est pas à la maison, on est au mimosa, même si les dernières branches ont été coupées depuis longtemps. Il faut que vous fassiez sa connaissance. Il a la tête de Virgile, enfin telle que je me la figure.

Nous fîmes quelques pas dans les lavandes et Chagall s'arrêta :

— Regardez qui vient à notre rencontre !

Nous crûmes que c'était Robriard. Non, c'était une chèvre.

— C'est ma copine Lisette, la plus belle du Midi ! Si vous saviez comme elle est contente lorsque je la dessine ! Elle a dû repérer l'objectif de notre ami. Vous allez voir, elle va jouer les stars.

Blanche à moitié, bouc en avant, cornes en arrière, Lisette s'avança jusqu'au peintre pour se faire caresser. Pierre Vals laissa un rouleau dans cette scène champêtre, mais quelle photo !

— Une pleine page dans *Match* à coup sûr ! dis-je à Chagall qui, soudain, redevint sérieux.

— Quel artiste avant moi a eu l'honneur du reportage central de *Paris Match* ? demanda-t-il.

— Giotto, il y a un mois.

Chagall nous l'avait dit : souvent, en se racontant, il était au bord des larmes. Là, il dut s'essuyer les yeux lorsqu'il nous fit, après un moment de silence, ces réflexions que j'ai alors heureusement notées :

— Comment ? Giotto ? Le grand Giotto, celui qui pour la première fois a abandonné les représentations byzantines figées pour peindre des paysages qui parlent, des visages qui ont une âme ? Vous vous rendez compte : succéder à celui qui, dans ses fresques d'Assise, a ouvert la voie à tout l'art occidental ! Trop, c'est trop pour le petit garçon de Vitebsk. Quel chemin parcouru, je n'arrive pas à le croire. Comment ai-je pu naître là-bas, si loin ?

Il s'arrêta, ému. Et reprit :

— La semaine dernière, l'université de Glasgow m'a fait le grand honneur de me recevoir docteur *honoris causa*. Pendant les discours, auxquels je ne comprenais pas grand-chose, je me mis à penser à mon père rentrant épuisé dans notre pauvre isba, les mains gelées d'avoir mis des harengs dans la glace toute la journée...

*
* *

Sa vie, une œuvre divinement imagée qui va des esquisses de jeunesse au triomphe de la maturité, Marc Chagall va nous la raconter par bribes, en désordre mais passionnément, durant les trois jours que nous allons passer avec lui.

D'éclats de rire en ruisseaux de chagrin j'ai goûté, dans le jardin de Vence, l'un des plus intenses plaisirs ressentis à exercer un métier merveilleux. À l'ombre de la tonnelle, à la table du maître, en sirotant un verre de rosé chez Virgile, j'ai rempli mon carnet de notes et Pierre Vals a pris des centaines de photos. J'ai eu du mal à trier cette moisson pour écrire mon article. Comment mettre de l'ordre dans un tableau de Chagall ?

Ses personnages immatériels, ses rêves, ses fables en couleurs... Un jour, il parla, sans amertume mais avec commisération, de ceux que sa peinture laisse perplexes :

— Des malheureux qui ne comprendront jamais la poésie d'une goutte de rosée posée sur un fil de la Vierge ! Ils se moquent de mes pendules à ailes bleues, mais quoi, on dit bien que le temps s'envole ! Sans mes violonistes acrobates, mes mariés volants et mes tours Eiffel piquées à l'envers sur la Seine, il n'y aurait pas de Chagall !

Chaque minute de ce reportage a vu naître un souvenir, a mis en lumière un moment d'hier ou d'autrefois. Ainsi nous parla-t-il de son grand père qu'il a représenté dans l'une de ses premières toiles perché sur un toit, de son oncle Noah qui jouait si bien du violon et de Bella, l'amour de sa jeunesse, de sa vie, qui écrivait des poèmes et posait pour lui dans l'atelier croulant de Montparnasse.

À un autre moment, il nous conduisit dans une ancienne grange solidement verrouillée et nous annonça qu'il allait nous faire voir un tableau dont très peu de gens connaissaient l'existence. Sans nous les montrer, il délogea des toiles rangées les unes contre les autres et atteignit la plus grande, protégée par une couverture.

— J'appelle ce tableau *Autour d'Elle*, dit Chagall gravement. Je l'ai achevé dans la tristesse et la ferveur après la mort de Bella en 1940. Depuis l'origine, en 1937, ce fut un tableau à épisodes. Je l'ai enrichi au fur et à mesure que notre amour déroulait du bonheur dans notre vie. Il m'a suivi partout. J'ai même réussi à l'emporter en Amérique lorsque nous avons dû fuir la barbarie nazie. Maintenant, il reste là à m'attendre. Je quitte souvent mon atelier pour aller me recueillir devant Elle. À ma mort, le tableau auquel je tiens le plus reviendra à notre fille Ida.

Brusquement Chagall recouvrit le tableau et nous entraîna dans le jardin en disant à Pierre Vals :

— Je vous remercie de ne pas m'avoir demandé la permission de photographier cette toile. J'aurais été navré de vous refuser. Mais venez, il est l'heure du goûter et Vava a dû préparer le thé.

Tandis que nous marchions vers la maison, Chagall se mit à nous parler de Bella, sa compagne, sa muse durant trente ans.

— Celle qui m'a inspiré les œuvres les plus pures, les plus poétiques, les plus charnelles peut-être – je pense au *Double Portrait*, aux *Mariés de la tour Eiffel*, à *Au-dessus de la ville* – a été emportée brutalement à New York en 1944 par une fièvre infectieuse alors que nous venions de fêter la libération de Paris. Plus tard, alors que j'abordais l'automne de ma vie, j'ai rencontré Vava qui, maintenant, veille sur moi avec tendresse et sait me faire une vie matérielle facile dans mon jardin de Vence. Nous nous sommes mariés il y a deux ans. J'ai beaucoup de chance !

Vava était une belle brune souriante et réservée. Elle portait bien une cinquantaine sans artifices et ne pouvait cacher l'admiration qu'elle vouait à son mari ni son désir de protéger l'accomplissement de son œuvre.

Mme Chagall, quand elle s'était rendu compte que notre présence n'importunait pas le maître, s'était montrée hospitalière. Elle nous retenait souvent à sa table où les mets, toujours simples, se présentaient dans des assiettes décorées de la main du maître.

— J'ai conçu ce service de table en 1952 pour le mariage de ma fille Ida. J'adore travailler la terre et j'ai un atelier de poterie à Antibes. Jouer sur les cuissons pour obtenir des veloutés de couleurs est passionnant.

Je n'ai pas oublié ce moment étonnant où j'ai pu choisir dans un tableau de Chagall les gâteaux en forme de cœur que sa femme confectionnait elle-même et qu'elle nous offrait avec le thé. Aujourd'hui encore, les sablés de Vava ont pour moi un goût de madeleine.

*
* *

Je savais que Chagall n'aimait pas montrer son atelier. Je lui avais demandé le premier jour de nous y recevoir le temps de faire quelques photos et il m'avait répondu : « On verra. » Comme Louis XIV lorsqu'un courtisan sollicitait une faveur qu'il n'avait pas envie d'accorder. Chagall voulait, je crois, mieux nous connaître avant de décider s'il pouvait faire une exception à sa règle de garder secret le lieu où il peignait ses rêves. Ce n'est que le troisième jour, avant de partir pour la ville où il voulait nous présenter à ses amis le brocanteur et le fruitier, qu'il nous dit avec un sourire espiègle :

— Si nous faisions un tour à l'atelier ?

L'atelier, c'était une petite maison indépendante, fermée à double tour comme la grange de Bella. Nous nous attendions à découvrir une retraite monacale et nous nous retrouvâmes au cœur d'un feu d'artifice. Partout, sur le sol, sur les murs, sur les chaises, les couleurs fusaient, les personnages volaient, les fleurs s'ouvraient. Et au milieu, cabré sur ses deux pieds, le chevalet soutenait comme un bouclier le tableau en cours, une grande toile où des amants enlacés flottaient dans la béatitude du ciel.

Chagall se plia aux volontés de Pierre Vals. Il prit sa palette, choisit un pinceau, retoucha pour l'objectif les contours du jeune homme aux yeux verts qui se baladait entre les nuages et fit de l'amoureuse une sirène en lui ajoutant une queue diaphane. Le tout en riant aux éclats.

*
* *

Au retour de la ville, nous passâmes notre dernière soirée chez le magicien de Vence en prenant l'apéritif sous la tonnelle. Chagall parla de tout et de rien et c'était lorsqu'il parlait de rien qu'il se révélait le plus captivant. Je me souviens que, ce soir-là, il m'expliqua l'importance de la qualité des pigments :

— Après la guerre, on ne trouvait en France que des mauvaises couleurs. J'ai dépensé des fortunes pour faire venir d'Amsterdam celles qui me convenaient mais que je payais trois fois plus cher. Vous savez pourquoi ? Parce qu'elles dureront. Or je veux que mon œuvre vive longtemps après moi. Je tremble en pensant à tous les excellents peintres dont les tableaux vont souffrir dans quelques années.

Ce soir-là, aussi, il prit son bloc et dessina en trois coups de crayon un Leica ailé qui voletait autour d'une fleur. Il le donna à Pierre Vals et, sans transition, nous raconta comment il allait repeindre le plafond de l'Opéra après avoir achevé l'immense roi David dont l'oncle Noah lui avait jadis raconté l'histoire sur le toit de l'isba, entre deux airs de violon.

J'aimerais savoir comment Chagall, à son dernier envol, a trouvé le ciel du Seigneur.

Marcel Aymé, mon sauveteur

Le Cap-Ferret. Un bout de plage tranquille au bord du bassin d'Arcachon. En face, la grande dune qui fait penser à un mirage saharien. Nous sommes cinq, étendus sur des serviettes, cinq et deux petits garçons de six ans qui barbotent dans un trou d'eau sous la surveillance de Colette. Colette, c'est la fille de Marcel Aymé et la femme de mon vieil ami Raymond Magne qui nous a engagés à louer une maison pour les vacances au Cap-Ferret où il vient passer les week-ends chez ses beaux-parents.

C'est ainsi qu'en ce mois d'août 1961, nous partageons l'intimité de l'auteur du *Passe-Muraille*, des *Contes du chat perché* et du scénario de *La Traversée de Paris*, le film d'Autant-Lara avec Bourvil et Jean Gabin.

Loin de Montmartre, Marcel Aymé, qui s'ennuie aux bains de mer, n'était pas fâché de pouvoir bavarder avec ma femme Jacqueline et moi, des gens qui gagnaient leur vie en écrivant, ce qui, pour ce penseur solitaire et secret, nous rendait fréquentables.

Pour l'heure, caché derrière ses lunettes noires, il rêvait ou couvait quelque idée fantastique en regardant les pinasses se croiser dans le courant. Il ne répondait pas à sa femme Marie-Antoinette qui lui répétait de prendre garde aux coups de soleil, préférant laisser croire qu'il somnolait. Brusquement, il se leva d'un bond car les enfants, son petit-fils Frédéric et François mon garçon, hurlaient en voulant se soustraire aux efforts de Colette qui les empêchait d'aller chercher leur ballon qu'un coup de vent entraînait vers le large.

Tandis qu'il prêtait main-forte à sa fille, je me précipitai de mon côté et plongeai pour rattraper le ballon. C'était une grosse boule rouge qui ne pesait rien et qu'un simple zéphyr soulevait comme une plume. Je nageais à sa poursuite et finis par le saisir entre mes bras, ce qui m'aveugla et m'obligea à me servir uniquement de mes jambes pour regagner le bord. Je ne me rendis pas compte que, cramponné à ce fichu ballon, je m'éloignais chaque seconde un peu plus. Il m'aurait suffi de le lâcher mais, stupidement, je continuais à grenouiller en m'étouffant. Soudain, je sentis qu'un bras solide me prenait par les aisselles. C'était Marcel Aymé qui venait à mon secours. Il me ramena ainsi, pas fier mais sain et sauf, jusqu'à la plage.

*
* *

Pour célébrer l'événement dont l'imagination de Marcel et ma fougue de reporter amplifiaient à chaque instant les circonstances, Marie-Antoinette nous invita à souper. Je me rappelle que nous avons bu un Château-l'Angélus d'une bonne année et que j'ai remercié Marcel Aymé par un discours vibrant.

On en parla encore le lendemain quand Marcel Aymé vint à la maison prendre le pastis traditionnel et disputer une partie de tir à la ventouse. C'était une idée de mon beau-père qui, à la retraite, s'était fait un nom en peignant des tableaux naïfs. Le jeu enchantait Marcel. Nous empruntions à mon garçon un pistolet à ressort qui projetait des flèches munies d'une ventouse de caoutchouc. À vrai dire, mon fils ne s'en était jamais servi, ce jouet offert par son grand-père étant jugé trop dangereux par sa mère.

La partie se disputait en cinq salves tirées à trois mètres vers une cible dessinée sur la porte du garage. Mon beau-père, veuf attristé, et Marcel, le taciturne, prirent un plaisir extrême et bruyant à cette distraction de gamins. Je crois que peu de gens, pas même ses grands amis Blondin et Anouilh, n'ont connu Marcel Aymé aussi détendu et joyeux.

*
* *

Rentré à Paris, j'ai évidemment raconté autour de moi, en brodant bien sûr, comment Marcel Aymé m'avait sauvé de la noyade. C'est au cours d'un déjeuner avec Roger Thérond, que me vint l'idée de faire décerner à Marcel la médaille de sauvetage. Roger se montra enthousiaste :

— Quel sujet pour *Match* ! Tu te rends compte, Marcel Aymé qui refuse tous les honneurs, de l'Académie à la Légion d'honneur, décoré de la médaille de sauvetage !

C'était plus facile à dire qu'à réaliser. L'ancien préfet de police et ambassadeur au Maroc, André Dubois, qui était grassement payé à *Match* pour une mission indéfinissable de relations publiques, promit de s'en occuper mais ne fit rien. Comme tant de louables initiatives, le projet de médaille tomba à l'eau.

Un peu plus tard – je me souviens, c'était au théâtre Sarah-Bernhard, après la générale des *Sorcières de Salem* d'Arthur Miller, qu'il avait adaptées en français –, je racontais l'affaire à l'intéressé qui n'en avait rien su. Marcel Aymé souleva ses paupières qu'une maladie alourdissait et éclata de rire :

— La médaille de sauvetage ? Et bien tu vois, Jean, je crois que je l'aurais acceptée !

Monsieur Jean Prouvost

Tout *Paris Match* se faisait couper les cheveux chez le coiffeur installé sur les Champs, juste après le *Fouquet's*. Je n'échappai pas au rite et m'installai, peu de temps après mon arrivée, dans un fauteuil près de l'entrée. Je n'avais pas remarqué mon voisin, enveloppé dans ce peignoir qui rend tous les hommes égaux devant les ciseaux virevoltant du figaro. C'est lui qui m'adressa la parole :

— Vous êtes à *Match*, n'est-ce pas ?

Je tournai la tête et, le doute n'était pas possible, mon voisin était le patron, Jean Prouvost lui-même, qu'une shampouineuse arrosait de lotion. Depuis mon arrivée je ne l'avais croisé qu'une fois dans le bureau de Gaston Bonheur et ne pouvais croire qu'il m'eût reconnu. Ma réponse affirmative parut lui plaire. À sa demande, je déclinai mon nom et il me dit que j'avais écrit un bon article sur le voyage à Rome de Mendès France. Puis il me questionna, voulut savoir d'où je venais, et rit quand il apprit que j'avais été chef des informations du *Parisien libéré* :

— Gaston a piqué tous ses meilleurs journalistes à Amaury ! Il paraît que ce monsieur veut me rencontrer mais je n'ai pas envie de le connaître, ce n'est pas un homme de presse.

Il me demanda encore ce que je pensais de *Match*, si j'étais content d'appartenir à la meilleure rédaction d'Europe, peut-être même du monde et me dit « à bientôt » en enfilant son imper blanc, identique à celui qu'il portait lors de notre première rencontre, dans l'ascenseur de *Paris-Soir*.

Je n'ai pas su comment cette rencontre fortuite a été connue rue Pierre-Charron mais Dédé Lacaze n'a pas manqué de la commenter, drôlement :

— Il est fortiche Diwo. À peine arrivé, il se démerde pour savoir quand le patron a rendez-vous chez le coiffeur et va se faire mousser en même temps que lui !

*
* *

Ceux qui ont connu le premier bureau de Jean Prouvost rue Pierre-Charron ne sont plus nombreux, mais ils n'ont sûrement pas oublié l'immense table ovale recouverte d'un tapis vert où il siégeait au centre, droit, l'œil inquisiteur dans son visage immobile, ses longues mains posées devant lui. Je me rappelle évidemment la première fois où je fus convié à m'asseoir à cette table autour de laquelle les meilleurs flambeurs de la presse jouaient chaque semaine le prochain numéro de *Paris Match*. J'y fus invité presque fortuitement par Gaston Bonheur croisé dans le couloir :

— Je vais chez le patron pour parler des grands sujets couleurs. Venez donc, vous ne serez pas de trop. On a besoin d'idées neuves et Jean Prouvost aime voir des têtes nouvelles. Il est vrai qu'il vous connaît, ajouta-t-il en riant, on dit que vous avez le même coiffeur !

Je m'attendais à une réunion un peu guindée avec des « oui patron » et quelques flagorneries mais ce n'était pas le genre de la maison. Il y avait là Hervé Mille, Roger Thérond, Raymond Cartier, André Lacaze, Philippe de Croisset – le patron de *Marie-Claire* qui venait de reparaître et faisait un tabac –, Jean Farran et, je crois, Guillaume Hanoteau qui préparait un reportage à Sainte-Hélène avec le photographe Pierre Vals.

L'atmosphère était plus celle d'un bar à l'heure de l'apéritif que d'un raisonnable conseil de direction. On parla d'abord de la série du « Roman des grands fleuves » qui obtenait un vif succès auprès des lecteurs et permettait de mettre en valeur la photo couleur, alors seulement utilisée sur la couverture et dans les douze pages centrales nommées « Match Univers ».

Côté fleuves, il restait encore le Danube, l'Amazone et après ? La Volga manquait à l'appel mais Joseph Kessel n'arrivait pas à obtenir un visa. Quelques idées furent lancées sans susciter l'intérêt du patron. Gaston se tourna alors vers moi :

— Jean Diwo, ce serait bien si vous aviez une idée !

J'aurais pu me sentir piégé et trembler de peur mais j'étais calme. En fait, durant le début de la séance, j'avais gambergé – c'était un des mots clé du langage *Match* – une proposition qui, même si elle n'était pas retenue, devait plutôt me mettre en valeur. À moi Baudelaire, Baudelaire, ce cher vieil ami qui ne m'avait pas quitté en captivité et qui pouvait peut-être aujourd'hui me permettre d'épater la galerie !

— Il me revient, hasardai-je prudemment, le poème des *Fleurs du Mal* intitulé *Les Phares*. De Rubens à Delacroix, en passant par Rembrandt, Baudelaire passe en revue dans ses vers flamboyants les grands peintres de l'histoire.

J'aurais pu m'arrêter là et laisser les autres parler mais autant sortir le grand jeu. Je me souvenais par chance de la première strophe et la lançai dans la bataille :

Rubens fleur d'oubli, jardin de la paresse
Oreiller de chair fraîche où l'on ne peut aimer
Mais où la vie afflue et s'agite sans cesse
Comme l'air dans le ciel et la mer dans la mer.

Un instant de silence suivit, durant lequel je fixai le visage du patron et y décelai un éclair. L'assistance le laissa poliment exprimer son avis et, bonheur, il fut favorable :

— *Les Phares*. Baudelaire, les grands peintres... Ne cherchons plus. Voilà la série qui succédera aux fleuves. En attendant, je vais relire *Les Fleurs du Mal* !

Tout le monde me félicita, Hervé Mille le premier. J'eus l'impression d'avoir gravi, grâce aux quelques vers retrouvés au bon moment, un échelon dans la virtuelle hiérarchie de *Match*.

*
* *

En sortant de chez le patron, Philippe de Croisset, l'homme le plus élégant, le plus courtois et proche de Jean Prouvost, me proposa d'aller boire un whisky à *l'American Legion*. Un petit immeuble situé rue Pierre-Charron, juste à côté de celui qui hébergeait *Paris Match*, appartenait en effet aux légionnaires américains vivant à Paris qui occupaient pour la plupart des situations considérables et aimaient porter dans leurs moments de détente un calot noir constellé de galons et d'insignes militaires. L'intérêt de ce club très fermé était un magnifique bar qui donnait à choisir, pour des prix très raisonnables, entre vingt-deux marques de scotchs et quinze de bourbons. Par mesure spéciale, le gouverneur autorisait les collaborateurs de *Paris Match* à fréquenter le bar de *l'American Legion* qui devint vite la succursale d'une rédaction à l'étroit dans son appartement haussmannien.

Philippe de Croisset devint mon ami ce jour où, en buvant tranquillement son J.-B., il me fit la déclaration la plus insolite qui soit :

— On a reconnu la patte du normalien dans votre proposition des *Phares* de Baudelaire. Bravo !

Je le regardai, stupéfait :

— Mais je ne suis pas normalien ! Je ne suis titulaire que d'une modeste licence obtenue avec deux certificats de raccroc à ma libération du stalag !

Ce fut au tour de Philippe d'être étonné :

— Mais tout le monde ici vous croit normalien ! On ne prête qu'aux riches, à votre place je laisserais dire…

Je n'eus pas à démentir car jamais personne ne fit allusion à cette flatteuse réputation, durant les trente années passées dans le groupe *Match*.

*
* *

Tandis que j'écris ces pages, cent histoires de « l'âge d'or de *Paris Match* », celui des reporters baroudeurs, des photographes inspirés, des écrivains créateurs d'un nouveau journalisme me reviennent en mémoire. Mais il n'est pas dans mes intentions d'écrire l'histoire de *Match*.

Une dernière anecdote tout de même, parce qu'elle me fait toujours rire. Et qu'elle évoque l'une des plus baroques situations de cette époque, le réduit où les sténos, serrées comme des sardines, tapaient les articles téléphonés ou dictés par les rédacteurs à leur retour de reportage. Ces dactylos réalisaient, les nuits de bouclage, un vrai miracle. Exténuées, il leur arrivait à l'aube de pratiquer une sorte d'écriture automatique qui donnait parfois des résultats surréalistes.

L'époque est lointaine, c'était le temps où Antoine Pinay était président du Conseil. Tard dans la nuit, un reporter dicta son article, une interview dans laquelle le chef du gouvernement répondait à je ne sais plus quelle importante question :

— Je lutterai jusqu'au bout !

Fatiguée, la dactylo comprit et tapa :
— Je lutterai jusqu'au 2 août.

C'est la déclaration qui parut dans *Match* et étonna autant les lecteurs que le monde politique. Le cabinet du Président fut assailli de lettres et de communications téléphoniques demandant pourquoi Antoine Pinay s'était fixé ce délai insolite.

Et la lumière fut

« Mes félicitations et respectueuses amitiés. »

Je retrouve, en triant de vieux papiers, ces mots au dos d'une carte postale représentant la « Bienheureuse Alix Le Clerc, fondatrice des Chanoinesses régulières ». Postée de la cité du Vatican, elle est signée « R. Fontinelli ».

Il m'a fallu quelques efforts pour visualiser dans la nébuleuse des souvenirs le visage souriant du prélat qui m'avait reçu, un jour pluvieux de décembre, en 1955 je crois, au couvent San Rocco de Florence.

Il était le prieur-conservateur de ce monastère, encastré comme un gros caillou dans le centre de la ville, qui cachait un trésor de couleurs, d'or et de lumière : l'imagerie céleste de l'Ange de la peinture, Fra Angelico.

*
* *

Ainsi, le déclic de la mémoire me ramena au haut de l'escalier du premier étage du vieux couvent. Dans le silence des pierres, le père Fontinelli me parla de son lointain prédécesseur, le moine génial qui avait décoré San Marco de fresques rayonnantes.

Je n'étais pas là par hasard. J'avais lu que Florence s'apprêtait à célébrer le cinq centième anniversaire de la mort de Fra Angelico et suggéré de consacrer le sujet de Noël de *Paris Match* à l'écrin de ses divines splendeurs.

L'idée avait été retenue. J'étais donc à Florence et écoutais, fasciné, le père Fontinelli évoquer l'Angelico avec une telle passion que je m'attendais, à tout instant, à voir surgir sa silhouette blanche encapuchonnée, un pinceau à la main.

Le père Fontinelli était prêt à nous donner toutes les autorisations de photographier que l'on voulait, mais ne cachait pas les difficultés de l'entreprise :

— La grande *Annonciation* que nous admirons ne pose pas de problème. Elle est restée à l'abri des intempéries et bénéficie de la lumière naturelle. Ayant été maintes fois prises en photo, les diaprures des ailes de l'Ange Gabriel sont célèbres dans le monde entier. Il n'en est pas de même, hélas !, des cellules parcimonieusement éclairées, dont les fresques, rongées par l'humidité, salies par les fumées, ne sont pas en état d'être reproduites. Vous allez en juger vous-même.

Le père Fontinelli me montra une à une les loges où, durant des siècles, des moines avaient prié et travaillé, petits espaces juste suffisants à contenir une table de travail et un lit. Mais dans chaque réduit, sur le mur qui faisait face à la minuscule fenêtre, une fresque dormait, quasi invisible.

— À midi, dit le moine, si on laisse l'œil s'habituer durant quelques minutes, on peut voir, quand le soleil de la Toscane frise les lucarnes, la fresque s'éclairer. Insuffisamment hélas !

Nous fîmes ainsi, aidés d'une dérisoire torche électrique, le tour des cellules, nous arrêtant plus longtemps à la chambre 10 pour discerner *La Présentation de Jésus au Temple* et à la 7, où l'Angelico a peint *Jésus bafoué*.

Comme je déplorais la dégradation des fresques et l'obscur abandon où elles étaient réduites, dom Fontinelli m'expliqua, un peu désabusé :

— Il y a longtemps – depuis que le couvent est devenu un musée –, que l'on parle d'une restauration et de l'installation d'un éclairage. Mais il y a tellement de chefs-d'œuvre à Florence que le tour de Fra Angelico n'est pas encore venu. Même pas à l'occasion du cinq centième anniversaire de sa mort ! Je regrette vraiment que vous ne puissiez réaliser votre projet et dévoiler dans votre belle revue le monde de San Rocco.

*
* *

Quelques jours plus tard, je prévins le père Fontinelli qu'il aurait une surprise s'il permettait au photographe Vernucci, spécialiste romain des prises de vue de tableaux, habitué à travailler pour *Match*, d'opérer toute une nuit dans le monastère avec ses techniciens.

Je n'en dis pas plus au saint homme et montai, avec l'accord d'André Lacaze, une coûteuse et audacieuse opération. Un soir, une équipe d'électriciens installa devant San Rocco un groupe électrogène loué aux studios de Cineccita, déroula des longueurs impressionnantes de câbles dans les couloirs et brancha de puissants projecteurs dans chaque cellule.

Je n'oublierai pas le regard de dom Fontinelli quand le groupe s'est mis en marche et que, dans un élan magique, les fresques de l'Angelico s'illuminèrent de glorieuses couleurs. Le vieux moine s'agenouilla devant la fresque de la cellule 5 qui représente la naissance du Christ, et s'écria :

— *Miracolo !* Merci mon Dieu de me permettre de découvrir la divine lumière de mon frère l'Angelico qui sera, j'en suis sûr, béatifié un jour[1]. Durant des années, j'ai gardé pieusement des merveilles à peine entrevues dans l'obscurité du temps. Je ne les connaissais pas. Jusqu'à l'éblouissement de ce soir !

Le visage baigné de larmes, dom Fontinelli se tourna vers moi et ajouta :

— Dire que pour peindre ses chefs-d'œuvre l'Angelico s'est éclairé aux chandelles !

---

[1]. Les fresques de San Rocco ont été restaurées en 1983 et Fra Angelico a été béatifié par Jean-Paul II l'année suivante.

Le juif errant de la peinture

Depuis des semaines, nous poursuivions un fantôme. Celui de Soutine dont une exposition de cent vingt chefs-d'œuvre attirait la foule à la galerie Charpentier. Juif errant de la peinture, né dans un ghetto de Lituanie, déraciné chez les Montparnos et mort sous la marque de l'étoile jaune, ce visionnaire n'avait pas d'histoire, seulement une légende. Celle d'un exclu dont le prénom était Chaïm, en hébreu « la vie ».

À travers cette légende « arrangée » par les amis, les ennemis et les ignorants, j'essayai avec Izis, l'œil photographique le plus perçant de *Paris Match*, de retrouver le vrai Soutine, le dernier des peintres maudits, celui dont l'heure de gloire sonnait enfin sous la verrière du faubourg Saint-Honoré.

*
* *

Tout le village de Cagnes nous aidait. De M. Clergue, le conservateur du château-musée, à monsieur le curé qui avait retrouvé pour nous, au fond de sa sacristie, deux vieilles chasubles rouges, celles que portaient jadis les enfants de chœur, modèles privilégiés de Soutine. Les ruelles tortueuses du Haut-de-Cagnes où il avait peint ses œuvres les plus célèbres avaient gardé intactes, depuis près de quarante ans, les empreintes de cet étrange bonhomme qui, vêtu d'un bleu rapiécé, le dos voûté, montait péniblement, après en avoir fait un tableau, l'escalier rouge de la rue du Piolet. L'escalier était toujours là, encadré des maisons que Soutine avait rebâties tout de guingois sur ses toiles.

Nos regards allaient des reproductions de tableaux que nous avions apportées aux jeux d'ombre de la rue. Et voilà que les maisons, les portes de bois, les perrons, les fenêtres prenaient soudain sous nos yeux l'aspect chaotique que Soutine leur avait prêté dans son illumination.

— Ça y est, j'y suis ! dit soudain Izis qui se tenait, son Leica à la main, sur le seuil d'une maison. C'est là que Soutine s'est installé pour peindre l'escalier. Viens voir !

Tout était dans le viseur, la perspective des vieilles pierres, le nombre des marches, jusqu'à la petite échancrure de ciel bleu, là-haut, entre les maisons branlantes du château de cartes propre à l'art de Soutine.

Izis, heureux comme un boy-scout qui vient de trouver l'énigme d'un jeu de piste, déplia le pied de son appareil :

— Il me faudrait un peu de recul, dit-il. Demandons qu'on nous ouvre.

C'est là que survint le second miracle de notre enquête. Une femme d'une cinquantaine d'années répondit au bruit du marteau de la porte. À peine avions-nous eu le temps de lui demander d'empiéter un peu sur son couloir qu'elle s'écria :

— C'est vous qui faites un article sur Soutine ? Savez-vous qu'il a fait plusieurs fois mon portrait quand j'étais gosse ? Entrez, attendez une seconde, je vais chercher quelque chose.

Elle revint en brandissant un petit livre consacré à Soutine :

— Regardez, c'est moi. Je devais avoir onze ou douze ans.

Elle ouvrit le livret fatigué à force d'avoir été feuilleté et nous montra l'image d'une paysanne à l'âge incertain, longs bras déformés, grosses mains posées sur le tablier bleu, pommettes rouges, bouche un peu de travers. Le portrait, malgré la qualité médiocre de l'impression, était saisissant. Nous relevâmes ensemble les yeux vers le visage de notre hôtesse : la ressemblance nous apparut, déconcertante. Prémonition du génie, Soutine avait peint à douze ans la petite Marie Jacobelli telle qu'elle était maintenant, Mme Jiannini, mère d'une jeune fille de vingt ans ! Une bonne fortune pour Izis qui photographia Marie dans la position où Soutine l'avait peinte trente huit ans auparavant. *Paris Match* titra l'incroyable rapprochement « La secrète alchimie des déformations délirantes et géniales ».

*
* *

Nous associâmes aussi *Le Grand Enfant de chœur*, l'un des plus célèbres tableaux de Soutine, à la photo d'un garçon du village revêtu de la tenue qu'avait portée jadis le modèle du peintre.

Restait *Le Poulet*, autre tableau dont Izis trimbalait la reproduction dans le village. Plus têtu, n'existe pas. Le photographe finit par retrouver la porte où Soutine avait, pour la peindre, accroché sa volaille sanglante.

— Allons acheter le poulet ! décida Izis. Nous en trouverons sûrement un à Cagnes-sur-Mer.

Nous sautâmes en voiture et, un quart d'heure plus tard, arpentions les rues de la ville neuve qui menaient à la gare et à la mer. Je questionnai plusieurs personnes pour savoir où l'on pouvait acheter un poulet. Toutes nous désignèrent la charcuterie, « à moins d'attendre le marché du samedi ».

À trois heures de l'après midi, la ville somnolait sous le soleil et nous avons dû réveiller la charcutière qui faisait la sieste dans la fraîcheur de son arrière-boutique. La visite de deux inconnus lui demandant si elle vendait des poulets sembla l'intriguer.

— Vous voulez vraiment un poulet ?

La réponse d'Izis l'éberlua un peu plus.

— Oui madame, un poulet bien maigre, le plus décharné que vous ayez.

— Mais c'est pas bon un poulet maigre ! C'est pour rôtir ?

— Non madame, c'est pour photographier.

La brave dame pensa qu'elle avait affaire à deux de ces originaux, peintres et écrivains bohèmes qui logeaient au Haut-de-Cagnes et finit par aller chercher dans son frigo un poulet tout préparé, vidé, plumé, ficelé.

— C'est le dernier, on devait le manger ce soir mais le client avant tout ! Il est dodu et, croyez-moi, il n'en sera que meilleur.

Elle n'avait pas cru un mot de la destination artistique avancée par Izis. Celui-ci leva les bras au ciel :

— Mais il n'a plus de pattes, ni de tête ! Je cherche, madame, un vrai poulet. Avec toutes ses plumes !

Pensant qu'il était temps de mettre la charcutière au courant, je lui expliquai la nature de notre reportage et l'usage que nous comptions faire de son poulet.

Elle n'en revint pas, la charcutière ! Elle rit et nous dit qu'elle était lectrice de *Match*, qu'elle aurait été fière de nous aider mais que nous n'avions aucune chance de trouver une autre volaille dans le pays avant samedi.

Finalement, nous reprîmes la route du Haut-de-Cagnes avec notre poulet prêt-à-rôtir. Vers la moitié du chemin, Izis, de méchante humeur, me demanda d'arrêter. Il avait remarqué en contrebas un enclos grillagé où picoraient quelques poules. Sans un mot, il bondit dans le fossé, ouvrit la porte et s'introduisit dans la place au milieu des volatiles effrayés.

Stupéfait, inquiet, je regardais sans bouger cet étrange comportement. Pour une photo, Izis n'allait tout de même pas commettre un délit ? J'imaginais la tête de M. Roux répondant aux gendarmes qui lui apprenaient qu'un de ses photographes avait été surpris en train de voler des poules !

Heureusement, non ! Il ne cherchait pas à tordre le cou d'une de ces malheureuses poulettes. Accroupi, il ramassait des plumes ! Quand il en eut rassemblé un bouquet, il quitta les lieux, escalada le talus et sauta dans l'auto.

— Tu m'as fait peur ! m'exclamai-je. J'ai cru un moment...

— Mais non, je savais que je trouverais des plumes dans un poulailler.

— Mais qu'est-ce que tu vas en faire ?

— On va maquiller notre trop appétissant poulet, lui coller des plumes au cul, lui fabriquer des pattes avec des brindilles, lui donner des couleurs et, comme Soutine, l'accrocher à la porte. La photo est dans la boîte.

*
* *

Rentrés à Paris, tandis qu'Izis développait avec gourmandise ses photos inspirées et que je mettais mes notes en ordre, une mystérieuse visiteuse se présenta rue Pierre-Charron et l'huissier la dirigea vers moi, maintenant chargé de « Match Univers », les pages couleur du magazine.

— À l'occasion de sa rétrospective, *Paris Match* doit faire un article sur Soutine, me dit-elle. Et je peux vous aider. Je suis son dernier modèle et probablement la seule femme qui ait compté pour lui. J'ai beaucoup de choses à vous raconter sur la dernière partie de sa vie, celle où il était enfin parvenu à l'aisance mais où, usé par la misère et l'alcool, il touchait au terme de sa longue marche.

— Vous tombez bien, madame, cet article, je suis en train de l'écrire. Je rentre de Cagnes où Soutine a peint tant de tableaux. Si vous voulez me raconter...

Et la dame inconnue, une grande femme d'une quarantaine d'années, ni belle ni laide mais au visage ouvert et sympathique, parla avec émotion :

— Nous nous sommes rencontrés un soir de 1937 à la terrasse du *Dôme* dans un groupe ami. J'étais une jeune juive échappée de l'Allemagne hitlérienne et perdue à Paris. Il me demanda mon nom et dit : « Désormais, vous ne vous appelez plus Gerda mais Garde. Et Garde je vous garde ! »

Il était, hélas, atteint du mal d'estomac – ulcère ou cancer – qui devait l'emporter six ans plus tard. Mais ma présence à ses côtés l'a aidé. Il a senti pour la première fois le besoin de s'appuyer sur quelqu'un et de briser sa solitude. Pour la première fois il est vrai, il découvrait une femme qui acceptait de se pencher avec amour – lui qui se savait laid – sur son pauvre visage ravagé par une vie cruelle. Je l'ai forcé avec tendresse à observer un régime et à boire du lait. Soutine a alors retrouvé le calme et en même temps découvert l'aisance car ses tableaux commençaient à se vendre très cher. Riche, il avait des manies de pauvre. Il s'habillait chez un grand tailleur mais refusait de posséder plus d'un costume à la fois. Il n'avait qu'une coquetterie : ses cheveux, qu'il faisait soigner par le même spécialiste que Charles Boyer, et ses chapeaux taupés qu'il payait une fortune chez Gélot.

Les confidences de Mme Garde me captivaient. Elle était contente de parler et je l'engageai à rechercher dans sa mémoire tous les faits, les détails qui me permettraient de reconstituer les dernières années de la vie du peintre maudit.

— Est-il vrai, demandai-je, que Soutine est devenu avare lorsqu'il a pu enfin bien vendre ses tableaux ?

— Non. Il avait simplement peur de l'argent. Jamais peintre ne courut moins que lui après les clients. Il était même effrayé du prix qu'atteignaient ses toiles : « On va finir par me prendre pour un charlatan », disait-il.

Garde en vint à la guerre qui les surprit à Civry, près d'Avallon, où ils passaient l'été.

— Son va-et-vient continuel dans la campagne, à la recherche d'un motif, attira l'attention de gendarmes qui l'arrêtèrent, croyant coffrer un espion. Il eut beaucoup de peine à persuader le brigadier de téléphoner à son admirateur et acheteur, l'ancien président du Conseil Albert Sarraut, qui le fit aussitôt relâcher en disant : « Qu'on libère immédiatement le grand artiste Soutine ! » Dans le village, on ne l'appela plus avec respect que « le grand artiste ». Jusqu'au jour où sa nationalité russe et la mienne nous firent mettre en résidence surveillée.

Nous réussîmes à nous évader et rentrâmes à Paris. Mais le « grand artiste » était redevenu, sous la botte nazie, « le petit juif » du ghetto de Vilno. L'étoile jaune devait blesser à mort cet être meurtri par la maladie. Soutine parvint à se réfugier chez des amis sûrs près de Chinon. Moi, je fus prise dans la rafle du Vel'd'Hiv et envoyée dans le camp de concentration de Gurs.

Garde sortit son mouchoir, s'interrompit un moment et continua :

— La fin de l'histoire, c'est Cocteau qui me l'a racontée. Quand Soutine revint à Paris, ce fut en ambulance, sous un faux nom et sous le couvert de la Croix-Rouge. Mais il était trop tard. Opéré dans une clinique de Passy, il mourut le 9 août 1943. Pour ne pas attirer l'attention, on lui fit un enterrement de pauvre. Picasso et Cocteau suivirent le corbillard à chevaux jusqu'au cimetière Montparnasse où, sous une simple dalle de granit, repose Soutine, artiste de génie, mort en fraude, comme il avait vécu.

Une photo contre l'habit vert

J'étais passé cent fois devant cette forteresse grise et triste du boulevard Saint-Germain qui abrite la vénérable école de médecine. Ce jour-là, j'y entrais en service commandé pour interviewer M. le doyen Léon Binet, clinicien de renom international, consultant des riches et des têtes couronnées.

Le professeur ne me cacha pas son désir d'ajouter au palmarès de ses distinctions un grand reportage dans *Paris Match* qui serait, pour lui, le couronnement de la pyramide des honneurs illustrant sa carrière. Chef de service à Necker, patron de la nouvelle faculté de la rue des Saints-Pères, titulaire de la chaire de physiologie de la faculté, membre de l'Académie nationale de médecine et du Conseil de l'ordre de la Légion d'honneur, le doyen Léon Binet ne pouvait être que satisfait de ces hautes distinctions mais, comme un cuisinier court après sa troisième étoile, lui rêvait de sa photo dans *Match*.

— Qu'ai-je encore à attendre de la reconnaissance nationale ? me confia-t-il. Je figure dans la prochaine promotion pour être élevé à la dignité de grand-croix de la Légion d'honneur et l'Académie française, où j'ai tant d'amis, me fera dans quinze jours une élection de maréchal. *Match*, c'est autre chose, je souhaite être le premier médecin à figurer dans ses pages.

*
* *

Cette soif de distinctions était presque touchante et je dois dire qu'elle n'empêchait pas le doyen Binet de se révéler d'un commerce agréable et sympathique. Il me reçut dans son bureau du rez-de-chaussée vaste comme celui d'un président africain mais harmonieusement décoré. Des rideaux grenat habillaient les hautes fenêtres qui donnaient sur le boulevard et les murs d'un gris délicat étaient couverts de tableaux qu'il me dit prêtés par le musée du Louvre, dont un magnifique triptyque célébrant la gloire de Sainte-Anne.

Remarquant mon intérêt pour cette œuvre, le doyen me montra qu'il était un homme de goût :

— Vous admirez ce primitif ? Ce sont les tons mêmes des draperies rouges et grises de ses personnages que j'ai choisis pour la couleur des murs et des rideaux.

Au milieu de la pièce, une immense table supportait des donjons de vieux livres, des courtines de revues, des mâchicoulis de photographies. Cette marée ne laissait devant un fauteuil Empire qu'une petite plage où M. le doyen travaillait, signait son courrier, paraphait des piles de diplômes, préparait ses conférences, et dédicaçait son dernier ouvrage...

Car dans le labyrinthe de ses activités, M. Léon Binet, spécialiste mondial de la chirurgie cardiaque, trouvait le temps de publier, outre des ouvrages savants, des livres nés d'un contact passionnel avec la nature et destinés à un large public. C'était à ne pas croire. Durant ses vacances, tel le sous-préfet aux champs d'Alphonse Daudet, M. le doyen parlait aux fauvettes, aux bouvreuils et aux rossignols !

— Nous n'avons pas le temps, ni vous ni moi, d'aller passer quelques jours à Saint-Priest. Dommage, c'est le pays de ma femme et celui où je me plais, durant mes vacances, à vivre au contact de la nature. J'aurais aimé vous présenter mes amis les oiseaux, vous faire découvrir à la lorgnette les tendres échanges du couple de martins-pêcheurs que je retrouve chaque été au bord de l'étang, vous montrer comment la femelle du ver luisant allume sa lanterne... Mais je vais vous donner mon livre, *Scènes de la vie animale*, qu'a bien voulu préfacer mon ami Georges Duhamel, et vous parler de cette merveilleuse nature qui, disait Aristote, ne renferme rien de bas. Vous voyez, je m'enflamme ! Eh, bien, je vais vous étonner mais j'aimerais que *Paris Match* s'intéresse plus à ma modeste occupation d'observateur de la nature qu'à ma carrière scientifique !

Monsieur le doyen était sincère. Il me toucha en évoquant la conversation piquante du pic-vert, la fière démarche de la poule d'eau, l'ardeur en amour du moineau, « ce gentil gamin ».

*
* *

Willy Rizzo, le photographe des stars, avait été choisi pour immortaliser la haute figure de Léon Binet et réaliser en particulier la fameuse « photo couleur double page » qui faisait rêver tous les puissants. La première séance eut lieu à la nouvelle faculté de médecine, vedette architecturale du moment, dont l'immensité blanche métamorphosait ce coin de Saint-Germain-des-Prés encore imprégné d'effluves existentialistes.

Après en avoir fini avec les vues classiques dans un bureau et dans un laboratoire au milieu des étudiants, Willy Rizzo passa à la « photo-action », un genre dont il était l'inventeur et l'incomparable virtuose.

— Vous êtes un personnage pressé, monsieur le doyen, et je veux que ma photo traduise ce trait de votre comportement. Je vais, si vous êtes d'accord, vous prendre dans le couloir en train de marcher très vite. L'idéal serait un pas de course un peu désinvolte...

Je trouvais que c'était Willy qui se montrait désinvolte, mais le doyen n'eut pas l'air offusqué quand notre artiste lui expliqua qu'il devait arriver tranquillement du bout du couloir et accélérer lorsqu'il parviendrait à l'endroit où il avait déposé son foulard. Willy Rizzo n'avait ni le style de Pierre Vals ni celui d'Izis. Il travaillait plutôt en état de transe, souvent accroupi, juché sur une chaise, voire à plat ventre. Là, il était à genou et attendait, l'œil au viseur, que le doyen, sautillant comme un cabri, fût à quelques mètres pour déclencher son flash.

Tout fonctionna comme prévu mais Willy, en se relevant et en remettant en place ses cheveux d'un geste large, demanda à Léon Binet de recommencer :

— Par sécurité, monsieur, nous allons procéder, si vous le voulez bien, à une seconde prise.

Docile, le doyen s'élançait pour un deuxième sprint quand une blouse blanche sortit d'une porte. Nous comprîmes qu'il s'agissait de son fils, le Dr Jean-Paul Binet, chargé de cours à la faculté, qui s'écria simplement en hochant la tête : « Oh, Papa ! » Il y eut une brève conversation entre le père et le fils dont nous n'entendîmes rien mais Willy renonça à une troisième prise de vue.

Il ne restait que la grande photo pour laquelle deux assistants et un matériel spécial avaient été prévus. L'ancienne faculté, plus solennelle, avait été choisie et le doyen avait proposé de revêtir pour la circonstance sa toge rouge de cérémonie avec ses rangs de fourrure blanche terminés en queues d'hermine. Il fit chercher sa toque bordée d'un galon d'or qu'on avait oubliée et s'habilla dans son cabinet musée pendant que Willy préparait dans la grande entrée le décor qui convenait à un personnage aussi majestueux. Il avait déniché dans une pièce voisine un fauteuil doré de belle envolée et l'avait installé dans le salon d'entrée, sous l'immense tableau qui représentait à la façon de Géricault une charge de chasseurs à cheval.

Il faut dire qu'il avait belle allure, M. le doyen, trônant en majesté dans sa toge dont les plis s'élargissaient de chaque côté. Pas question pour Willy de faire l'acrobate devant cette scène impériale. Il avait installé une brochette de projecteurs, un trépied et sorti son gros Hasselblad. La mise au point fut longue, on rectifia dix fois la position de l'illustre menton et l'inclinaison de la toque galonnée. Enfin les éclairs jaillirent, quatre fois par sécurité et, les spots éteints, Willy annonça, souriant, que la photo du siècle était dans la boîte. M. le doyen ne cacha pas son plaisir et nous remercia avec chaleur.

— Savez-vous, nous demanda-t-il, quand votre reportage paraîtra ?

— Dans trois semaines, mais on vous enverra un « avant réglage » afin que vous soyez le premier à le découvrir.

— Trois semaines, dit-il, ravi, c'est juste avant l'élection à l'Académie française. Votre texte et vos photos vont faire, s'il en était besoin, un excellent effet sur l'illustre compagnie.

*
* *

M. le doyen avait tort. Loin de servir sa cause, l'hommage appuyé de *Paris Match* lui coûta son fauteuil Quai Conti. À part deux immortels qu'il avait soignés, les académiciens estimèrent provocante et ostentatoire la double photo couleur. Ils avaient conclu qu'un candidat, à la veille d'une élection traditionnellement entourée de discrétion, n'avait pas à parader pompeusement dans *Match*.

Cette démonstration inattendue du pouvoir de *Match* nous surprit. Le doyen Binet, lui, mit quelque temps à comprendre la raison pour laquelle les voix promises s'étaient au dernier moment portées sur un concurrent dont les mérites ne lui venaient pas à la cheville. Il me remercia poliment sans faire allusion à son échec. M. Binet avait eu sa photo dans *Match* mais s'était privé à jamais de l'habit vert, suprême parure de ses ambitions.

Des années plus tard, le hasard d'un voyage me plaça à côté du professeur Jean-Paul Binet. Le fils n'avait pas oublié la course du couloir, encore moins la photo en majesté du père qui avait tant irrité les Immortels.

— Ah, cet article de *Match*, quel mal et quel plaisir il a fait à mon pauvre papa ! Il a bien été élu à l'Académie des sciences mais c'est d'un fauteuil chez les Quarante dont il rêvait !

Mon amie Tchérina

À Sarrebourg, en attendant la guerre, j'avais un voisin de chambrée qui s'appelait Edmond Audran. Dans le civil, il était premier danseur à l'Opéra et me parlait sans cesse de sa fiancée qui, à seize ans, dansait aux Ballets de Monte-Carlo sous le nom de Tcherzina. Elle était, me répétait-il, la plus jeune et la plus ravissante étoile de l'histoire de la danse.

Audran était bon copain. Il se montrait, comme moi, inquiet et curieux de ce que nous réservait le cataclysme annoncé et, comme moi, avait le moral plutôt en berne. Deux jours avant le départ vers la galaxie des zouaves, mon ami eut une heureuse surprise : Tcherzina vint, entre deux entrechats, passer quelques heures avec lui et c'est au buffet de la gare, devant des saucisses et de la bière, que je fis sa connaissance. Je compris pourquoi mon ami était passionnément amoureux de cette sylphide qui devait s'embarquer à la fin de la semaine sur le *Normandie* pour donner, avec Serge Lifar, au Metropolitan Opera, son premier récital international.

*
* *

Pour notre voyage vers les champs de bataille, Edmond et moi dûmes nous contenter d'un train militaire poussif aux wagons grinçants qui nous mena au fort Feyzin, près de Lyon. C'est là, sous une chaleur accablante, que nous fûmes intronisés zouaves et dotés d'un uniforme kaki tout neuf, d'une ceinture rouge et d'une chéchia. Nous reçûmes aussi chacun un alpenstock ! Cette attribution insolite d'une longue canne de montagne à bout en fer mérite une explication. Le 14e régiment de zouaves remplaçait, dans le plan de mobilisation, un régiment de chasseurs alpins équipés de solides gourdins montagnards. Comme il n'y avait pas de chasseurs alpins, l'officier d'habillement les avait distribués aux zouaves. Chéchia, ceinture rouge et alpenstock, c'est sous ce déguisement qu'Edmond et moi partîmes à la guerre. Hélas, pas dans le même bataillon ! C'est-à-dire que nous allions combattre la Wehrmacht de Hitler chacun de notre côté, sans nous revoir.

Et les cannes ? Le rassemblement du départ montra la difficulté d'ajouter ces bâtons à notre bastringue réglementaire et le commandement décida de les embarquer dans un camion spécial qui suivrait le régiment. À la troisième étape, un petit village près de Chalons, le colonel, en personne, décréta que les encombrants accessoires avaient fini la guerre et qu'ils n'iraient pas plus loin. Mais, on n'abandonne pas comme cela mille alpenstocks, propriété de l'armée, en pleine rue, entre deux tas de fumier. Heureusement, M. le curé, un bon Français, offrit de les entreposer dans une dépendance paroissiale. Ils y passèrent la guerre. À la Libération seulement, M. le curé demanda aux autorités de le débarrasser des cannes. Les FFI, paraît-il, en firent un feu de joie. Et l'écrivain Roland Dorgelès un savoureux article.

*
* *

Quelqu'un a dit que le hasard sait toujours trouver ceux qui savent s'en servir. De fait, plusieurs mois après la fin de la guerre, il arrangea de curieuse façon mes retrouvailles avec le zouave Audran.

Je me trouvais un matin au studio des Abbesses, lieu mythique de Pigalle où, depuis des décennies, tous les danseurs de France et de Navarre sont passés prendre leur leçon et travailler leur jeté-battu. Ma présence dans le temple de Terpsichore était professionnelle et agréable : j'interviewais pour *Le Parisien libéré* Zizi Jeanmaire qui venait de quitter l'Opéra et commençait à faire parler d'elle en suivant Roland Petit aux Ballets Marigny et en lançant ses premiers refrains canailles dans le ciel de Paris.

Mission accomplie, je refermais mon carnet et m'apprêtais à prendre congé quand un grand escogriffe en chandail bleu s'arrêta devant nous et s'exclama :

— Méfie-toi, Zizi. C'est un zouave !

Cris, enthousiasme, embrassades, c'était Edmond Audran qui venait de transpirer à la barre. Je repartis avec lui et nous nous arrêtâmes à la terrasse de la *Brasserie Pigalle*. On en avait des choses à se raconter ! Prisonnier lui aussi, il avait bénéficié d'une libération rapide, et avait retrouvé l'Opéra, ses chaussons et son aimée – qu'entre-temps Serge Lifar avait baptisée Ludmilla Tchérina et qu'il avait épousée.

— Elle danse à pas de géant ! me dit Edmond avec fierté. Elle a fait un triomphe dans *Roméo et Juliette* et vient de terminer *Un revenant*, le dernier film de Christian Jaque. Elle y tient le rôle d'une danseuse étoile aux côtés de Louis Jouvet, Gaby Morlay, Marguerite Moreno… Nous allons tourner ensemble *Les Chaussons rouges*, un film anglais de Michael Powell et Émeric Pressburger. Tu vois, cela marche bien. Je l'aide mais c'est elle qui tire la barque avec ses longues jambes, sa taille de guêpe et ses yeux dont Boris Vian vient d'écrire qu'ils videraient un monastère de trappistes en cinq minutes.

Je lui racontai mon histoire, moins prodigieuse que la sienne, mon métier de journaliste, mon mariage avec une critique de cinéma. On se quitta en échangeant nos adresses.

*
* *

C'est lui qui me téléphona un peu plus tard et nous convînmes de nous retrouver pour déjeuner un dimanche, rue Tholozé où il habitait. Nous arrivâmes trop tôt ou bien nos amis avaient oublié l'heure : au numéro 14, en salopettes de pompistes, les vedettes s'affairaient autour d'une petite voiture jaune. Un fil électrique pendait du premier étage et l'étoile, la chevelure enfouie dans une serviette, passait à l'aspirateur l'intérieur de l'auto.

Ceux qui se rappellent l'éblouissante comète qui illumina durant plus de quarante ans la vie artistique et intellectuelle de l'époque comprendront que l'image que me renvoie aujourd'hui ma mémoire d'une jeune Tchérina bichonnant sa 4 CV dans une rue de Montmartre me fasse sourire.

Nous déjeunâmes dans un bistrot voisin et Ludmilla nous expliqua comment elle avait réussi à obtenir l'un des premiers modèles de 4 CV sortis des usines Renault. Pierre Lefaucheux, le président de la Régie, était un grand amateur de ballets et il avait fait passer sa danseuse préférée avant tous les farauds qui se réclamaient des appuis les plus influents.

Ludmilla, qui nous demanda de l'appeler par son vrai prénom, Monique, comme le faisaient son mari et ses proches, ne parla ce jour-là que d'autos, ou presque. Elle connaissait sur le bout du doigt l'opus 4 de Renault et comme je lui demandais pourquoi elle avait choisi cette couleur jaunâtre, elle me répondit :

— Les premières 4 CV sont toutes jaunes. Il n'y a pas d'autres couleurs disponibles que celle d'un stock de peinture hérité de l'armée allemande. C'est pourquoi les envieux surnomment la 4 CV « la motte de beurre ». Cela ne durera pas mais il est plus chic aujourd'hui de rouler en 4 CV qu'en grosse américaine ! Remarquez que c'est notre première voiture et qu'on ne pouvait pas s'en offrir une plus chère.

*
* *

Ainsi, nous nous sommes retrouvés, nous nous sommes revus, nous nous sommes rencontrés aux présentations des films et des pièces de Ludmilla et d'Edmond. Je me rappelle la première de la comédie musicale, *Le Chevalier Bayard*. Nous avions été féliciter Monique dans sa loge où un jeune danseur et chanteur faisait le beau. C'était Yves Montand. Il y avait aussi Henri Salvador dont le rire ébranlait les coulisses... Malgré ce joli monde, la comédie ne tint pas longtemps la scène de l'Alhambra et le fameux tourbillon de la vie nous a un peu éloignés.

Pas longtemps. Un dimanche, le téléphone nous apprit que, dans la nuit, Edmond qui tournait un film près de Lyon avait trouvé la mort dans un accident. Sa voiture, une sportive anglaise décapotable, s'était encastrée sous l'arrière d'un poids lourd. Drame de l'amour : il venait, le temps d'un changement d'extérieur, passer quelques heures avec sa femme. C'était le 19 juillet 1951. J'ai pleuré mon zouave et Monique m'a dit :

— La danse, c'est fini. Je résilie mes contrats et vais essayer de vivre sans amour.

*
* *

Et Ludmilla disparut de la scène parisienne pour se réfugier dans un atelier de Montmartre où elle se mit à peindre avec ses doigts ou au fusain d'étonnantes arabesques qu'elle commentait de phrases absconses qui plaisaient aux philosophes.

La douce insistance de son nouveau mari la ramènera à la danse et au cinéma. Après la saison du désespoir, le rideau se lèvera sur son plein épanouissement. Je ne veux pas écrire ici l'histoire de Tchérina mais dire seulement qu'elle resta mon amie toute sa vie. Plusieurs fois, au cours de nos rencontres, elle m'a dit :

— Grâce à toi je peux me faire une idée de ce que serait Edmond aujourd'hui.

L'extravagant Dali

Mai à Paris, trois mots magiques qui, chaque année, ramenaient Salvador Dali et Gala, sa muse, dans la suite numéro 1 de l'hôtel *Meurice*. C'est là que je devais le rencontrer pour préparer un article dans *Paris Match*.

Je l'avais trouvé dans le hall où il bavardait avec le concierge. Tout de suite, il m'avait pris par le bras et entraîné vers l'ascenseur arrêté à un étage supérieur. N'importe qui, pour l'appeler, aurait appuyé sur le bouton qui s'offrait dans des fioritures de fer forgé, mais Dali préféra me proposer la première des mystifications qui allaient émailler notre entretien :

— À la fin de l'envoi, je touche ! s'écria-t-il.

Sous le regard étonné de quelques touristes anglais, il fit tournoyer sa canne à pommeau d'argent, tendit son bras droit, visa le bouton de l'ascenseur, se fendit à la manière de d'Artagnan et rata la cible de quelques millimètres. Nullement découragé, il reprit son moulinet et porta, cette fois, la bonne estocade. Le bouton, touché, s'alluma de rouge et l'ascenseur descendit dans une lenteur majestueuse.

— Vous voyez, Diwo, me dit-il, mon rêve serait de déclencher le bouton de cet ascenseur avec une arquebuse. Monté sur Rossinante, bien sûr !

*
* *

La durée de cette première rencontre avait été fixée par le maître à trente minutes. Je suis resté dans son salon plus de deux heures à l'écouter me démêler les circuits disjonctés de sa vie. Chaque mot qu'il claquait entre ses petites dents serrées me plongeait vingt ans en arrière, à l'époque où Cécile me parlait de l'homme bizarre qui avait enlevé sa mère, Gala, des bras de son père, Paul Éluard. À l'époque, Cécile ne portait pas Dali dans son cœur, mais aujourd'hui ? Au bout d'un moment, je ne puis m'empêcher de nommer sa belle-fille :

— Cécile a été une amie de jeunesse. Elle me parlait de vous et je me rappelle le jour où elle m'a dit : « Dali se prend pour le Roi-Soleil, il proclame : "Le surréalisme, c'est moi !" » André Breton, paraît-il, n'a pas apprécié. Il a voulu vous exclure mais le surréalisme, écartelé par les fractions politiques, n'existait déjà plus que pour l'Histoire.

Dali eut des mots gentils pour Cécile mais s'insurgea contre ma dernière assertion :

— Celui de Breton peut-être, pas le mien ! J'ai apporté au surréalisme une veine particulière : ma géniale méthode paranoïaque-critique que je ne cesse de traduire en tableaux que les musées et les collectionneurs s'arrachent.

*
* *

Lancé dans ses « élucubrations », mot auquel il me précisa donner son sens premier (ouvrage exécuté à force de veilles et de travail), Dali, intarissable, tint à m'expliquer comment son activité cosmique et créatrice l'engagea dans l'ère de ce qu'il appelait des « fantaisies ». J'ai conservé quelques notes de cet itinéraire extravagant :

— Tenez, personne n'a encore raconté ma première aventure londonienne. L'idée m'était venue de donner sur scène une conférence en tenue de scaphandrier pour mieux atteindre la profondeur du subconscient. Deux acolytes actionnèrent comme il fallait la pompe à air, le micro amplifia comme je l'avais prévu ma voix intérieure et tout se passa bien jusqu'au moment où l'on essaya de m'ôter le casque de bronze lourd comme un rhinocéros obèse. Le pompier de service n'y parvenant pas, on appela un serrurier qui me tira à demi asphyxié de ma prison. Le lendemain, je commentai ainsi l'événement pour la presse : « Tout le monde a été frappé par le caractère dramatique que prend chacun de mes actes. »

Dali s'interrompit un temps, puis me dit de lui rappeler avant de partir qu'il devait me montrer son « smoking de cristal » et continua :

— En débarquant à New York pour la première fois, c'était je crois en 1934, j'ai fait aux journalistes venus m'attendre une déclaration importante : « New York m'apparaît vert-de-gris et blanc sale, semblable à un immense roquefort gothique. Mais j'aime le roquefort ! » Interloqués les reporters me posèrent une autre question :

— Est-il vrai que vous venez de peindre votre femme avec deux côtelettes grillées sur l'épaule ?

— Oui, c'est exact, répondis-je, mais les côtelettes ne sont pas grillées, elles sont crues.

— Pourquoi ?

— Parce que Gala aussi est crue.

— Et pourquoi les côtelettes avec votre femme ?

— J'aime les côtelettes et j'aime ma femme. Je ne vois aucune raison de ne pas les peindre ensemble.

Cette logique a frappé les Américains qui, dès lors, adorèrent mes révélations philosophiques et s'aperçurent, du même coup, que ma peinture apportait quelque chose de nouveau à l'art moderne.

*
* *

Je connaissais certaines de ses inspirations fantasques mais Dali m'en révéla d'autres qui avaient accompagné l'enfant terrible du surréalisme vers la réputation singulière de peintre le plus discuté, le plus extravagant, le plus classique et le plus cher de son époque.

— Très tôt, m'expliqua-t-il, j'ai créé « l'objet surréaliste type ». Vous connaissez ? Un vieil escarpin en équilibre sur un verre de lait chaud.

Je me suis déguisé en *Angélus* de Millet, j'ai inventé le canapé en forme de lèvres de Mae West et prôné l'usage des montres molles. Ces folies sont aujourd'hui dans tous les musées du monde.

Je hasardai une question qui, posée à un autre, eût paru insolente :

— En somme, traduite en clair, votre théorie pourrait être à peu près : « Pour peindre, faites-vous fou ! »

Dali ouvrit grands ses yeux comme il aimait le faire devant les photographes pour exprimer le fond de son délire et dit :

— C'est exactement cela. Le mécanisme paranoïaque exacerbe la faculté d'imagination et mène par associations d'idées à la métamorphose de tous les objets dont elle s'empare. Ce sont ces images multiples de l'objet que j'enregistre et que je représente dans mes tableaux. Mais il faut que je vous montre une œuvre que je n'ai jamais exposée et que je refuse de vendre malgré les offres exorbitantes qu'on me fait.

Il m'entraîna dans un autre salon de sa suite où, installé devant la fenêtre sur un mannequin d'osier, un smoking brillait de mille feux, ceux de coupes et de flûtes à champagne cousues côte à côte sur la soie du vêtement et qui le recouvraient entièrement. C'était stupide, saugrenu, absurde, mais Dali, d'un mot, rendit lumineuse son idée de smoking de cristal :

— *Credo quia absurdum*. C'est de Tertullien !

*
* *

Dali m'avait donné rendez-vous la semaine suivante chez *Maxim's* pour assister au premier coup d'arquebuse sur pierre lithographique, prélude à la gravure du grand Don Quichotte, clou du livre annoncé le plus cher du monde par l'éditeur Joseph Foret.

Au bar du premier étage, curieusement aménagé, je retrouvai quelques confrères critiques d'art et une importante délégation de la presse anglo-saxonne. Des toiles cirées protégeaient une longue table et le parquet alentour. À côté, sur un dressoir, étaient rangées une arquebuse et des assiettes d'escargots chargés de peinture. Et aussi des oursins enduits de noir. La cible, à un bout de la table, était une lourde pierre lithographique dressée sur chant.

L'assistance était gaie, pour ne pas dire rigolarde, autour du célèbre bar d'acajou où Albert servait le champagne comme au temps d'Émilienne d'Alençon. Le brouhaha cessa lorsque le maître apparut, moustache cirée et blouse blanche, en compagnie du petit et faux timide Joseph Foret, éditeur et instigateur de la cérémonie.

Sans dire un mot, Dali enfila des gants de chirurgien, choisit un bel oursin vêtu de noir, le piqua au bout d'une flèche d'arquebuse et visa la gauche de la pierre. À l'impact, les piquants s'égayèrent en étoiles autour d'un noyau noir. Dali regarda et dit, content :

— Ce sera la tête de Don Quichotte. Regardez, le divin oursin a aussi brodé sa collerette.

Le maître projeta ci et là quelques escargots qui explosèrent les uns en rouge vif, les autres en jaune d'or. Le résultat était curieux mais qu'est-ce qui n'était pas curieux dans l'univers dalinien ?

Alors, Dali reprit la parole :

— Les gens vont éclater de rire lorsque la presse publiera les photos de cette séance franchement paranoïaque. Pourtant, la fumisterie prétendue de Salvador Dali a d'illustres parrains. Botticelli avait remarqué qu'en jetant une éponge imbibée de couleur sur un mur on y faisait une tache dans laquelle surgissait souvent un paysage ou le profil d'une déesse. Et Léonard de Vinci avait découvert qu'une maculation regardée attentivement pouvait recéler de véritables scènes, avec des personnages. Il ajoutait qu'il convenait de compléter les imperfections de ces suggestions par un métier à toute épreuve. Pour clore ce chapitre, je vous livre cette phrase de l'illustre Léonard : « De ces choses confuses, le génie s'éveille à de nouvelles inventions. »

*
* *

Le bombardement aux oursins de chez *Maxim's*, devait avoir une suite dans mon histoire, suite baroque, comme l'ont toujours été mes rendez-vous avec Salvador Dali.

Je fus convié six mois plus tard à une soirée chez le peintre Georges Mathieu. Ce n'était pas, Dieu merci, un dîner guindé mais une réunion amicale dans l'enfilade du somptueux appartement qu'occupait à Passy le créateur de l'abstraction lyrique.

Je fus heureux d'y retrouver Dali qui était accompagné de sa femme. Je n'avais jamais rencontré Gala et fus surpris de la découvrir telle que Dali cent fois l'avait peinte, telle que les magazines la représentaient depuis trente ans, belle, mince avec un port de jeune fille. Je lui demandai où je pourrais revoir Cécile, perdue de vue depuis si longtemps.

— Chez son nouveau mari sans doute, mais elle en change si souvent ! J'aimerais tellement qu'elle se fixe.

Dans la bouche de Gala, c'était un peu inattendu et elle dut surprendre ma réaction car elle ajouta :

— Je crois deviner ce que vous pensez mais moi je n'ai eu que deux amours et deux maris dans ma vie. Paul Éluard et Salvador Dali...

Comme tout le monde, elle avait dû boire trop de champagne car elle se lança dans des confidences, me parla longuement de Cécile, d'Éluard, et de Dali qui plastronnait un peu plus loin.

Je retrouvai bientôt mon génie la moustache flétrie, les yeux à demi fermés, allongé sur un sofa. Il se redressa brusquement et me dit en criant presque :

— Au fait, Diwo ! Vous avez vu mon *Don Quichotte* ?

— Vous savez, maître, répondis-je, vos livres somptueux, tirés à cinquante exemplaires et retenus avant que vous en ayez commencé la première illustration, il n'y a que les milliardaires qui les voient !

Mais ce qui intéressait Dali, c'était lui-même. Il laissa tomber Don Quichotte et me parla avec emphase de ses projets, en particulier d'un film dont il était en train d'écrire le scénario. Le titre était déjà trouvé, mariage entre deux de ses fantasmes préférés : *L'Histoire prodigieuse de la dentellière et du rhinocéros*.

— Un seul obstacle m'empêche d'entreprendre ce film, dit-il, en se tordant les mains de désespoir. Je ne trouve pas de comédien qui parle assez vite pour suivre ma pensée qui est, comme vous le savez, colossalement rapide.

Sans réfléchir, le champagne sans doute, je lui lançai :

— Prenez Georges Briquet, ce n'est pas une voix, c'est une mitrailleuse !

Georges Briquet était à l'époque – la télévision n'existait pas – le radioreporter le plus célèbre de France, une grande vedette du micro dont la particularité était une prodigieuse vitesse d'élocution.

Dali réagit comme il se devait, au centième de seconde, et s'écria, si fort que les conversations cessèrent et que les regards se portèrent vers nous :

— Génial Diwo ! Génial ! Georges Briquet bien sûr !

On se quitta sur cette manifestation d'enthousiasme, un peu éméchés mais heureux.

Ma surprise fut grande, le lendemain, quand Joseph Foret me téléphona :

— Dali n'a pas votre adresse et il m'a chargé de vous dire de passer retirer un pli au *Meurice*.

Je n'attendis pas pour me rendre rue de Rivoli où le concierge me remit un rouleau de carton dont je tirai une grande feuille de papier Canson.

C'était un tiré à part de la superbe litho centrale de *Don Quichotte* où je retrouvai, complétés par la main de Raphaël, les impacts d'oursins de chez *Maxim's*... Dans la marge, l'homme qui peignait avec une arquebuse avait écrit : « *À Jean Diwo. Amitiés. Vive Georges Briquet. Dali, 1958.* »

Cette litho est, depuis, accrochée dans mon bureau et sa dédicace n'a pas fini d'étonner mes visiteurs. Ai-je besoin d'ajouter que le film n'a jamais été tourné et que Georges Briquet n'a rien su de cette histoire ?

L'aventure *Télé 7 Jours*

Décembre 1959. Je rentrais d'Assise où je venais de préparer le numéro de Noël de *Paris Match* : cette année-là, la vie de saint François racontée par les fresques de Giotto. Tout s'était bien passé, et il me restait, selon l'usage, à faire partager ma satisfaction à Gaston Bonheur, mon directeur.

Gaston, vigneron gaulois, maître d'une génération de journalistes, arborait le sourire des bons jours. Pourtant, la légende du « pauvre d'Assise » accrocha mal son attention. Il m'interrompit :

— Finalement nous allons le faire cet hebdo de télévision. Avec Hachette, moitié-moitié, mais c'est Jean Prouvost qui aura la responsabilité de la gestion et de la rédaction. Pour la rédaction, il nous faut quelqu'un.

Il laissa passer un instant et ajouta en souriant :

— Pourquoi pas vous ?

Surpris, je restais muet et il insista :

— Hervé Mille et Roger Thérond partagent mon choix. Le patron, qui vous apprécie, a dit : « Très bien. » Alors ?

Alors, Gaston, voyant que je tardais à répondre, joua les sirènes. Il me fit miroiter l'avenir de l'audiovisuel et la chance qui m'était offerte. Mais on ne quitte pas comme cela une situation professionnelle exceptionnelle. Abandonner Picasso et Toutankhamon, Mozart et l'Angelico pour Léon Zitrone et le Capitaine Troy me faisait un peu peur. L'idée du magazine de télévision avait d'ailleurs déjà fait long feu un an auparavant. Une équipe avait été constituée sous la direction d'un excellent professionnel, Jean-François Devay, engagé spécialement. Durant six mois, elle avait préparé des maquettes, imprimé des numéros zéro. Jusqu'au jour où Jean Prouvost qui, je crois, n'aimait pas Devay, avait décidé d'arrêter les frais.

Cet essai non transformé n'était guère engageant. De surcroît, la télévision relevait pour moi de l'inconnu. Dans le journalisme, j'avais à peu près tout fait : les sports, les fait divers, le cinéma, l'art et l'histoire, la politique même : mais la télévision, je ne connaissais pas ! Je regardais bien de temps en temps la retransmission d'un match de rugby au journal ou *Lectures pour tous* chez des amis ; je savais bien que Pierre Sabbagh dirigeait le *Journal*, que l'étudiant surdoué Jean Baert, devenu gloire nationale, était l'incollable du jeu de Pierre Bellemare *Tous pour un* mais ce monde qu'on me proposait comme nouvel univers ne m'était pas familier. D'ailleurs, nous n'avions pas de poste à la maison.

*
* *

Un recyclage accéléré s'imposa donc lorsque j'acceptai finalement de tutoyer l'avenir et de tenter l'aventure. Un récepteur en acajou « grand écran », profond comme une malle-cabine, occupa la moitié du salon et resta allumé en permanence. J'appris comme un écolier la grammaire des ondes : samedi s'accordait avec *La Caméra explore le temps*, dimanche avec cinéma, lundi avec *L'École des vedettes*, mardi avec théâtre, mercredi avec *Lectures pour tous*, jeudi avec *Télé Match* et enfin vendredi avec *Cinq Colonnes à la une*.

En me remémorant ces programmes, vus seulement par un demi-million de Français, je ne peux m'empêcher de penser que cette télé « pygmée » des débuts, avec son unique chaîne en noir et blanc, offrait des soirées d'une autre qualité que l'enchaînement géant d'aujourd'hui !

*
* *

Mais revenons au passé. Pour deux mois, je me trouvai plongé dans un monde de maquettes, de sommaires et de comptes d'exploitation. Deux bureaux réquisitionnés en hâte étaient devenus le port d'attache d'une équipe constituée au jour le jour avec des pigistes de *Match* et de *Marie Claire*. Avec aussi des confrères que je débauchais du *Parisien libéré* et d'autres quotidiens. Pour diriger d'incessantes réunions, j'avais demandé qu'on installe une grande table ovale couverte d'un drap vert, analogue à celle de Jean

Prouvost aux débuts de *Match*. Une pincée de superstition ne pouvait faire du mal.

Première décision, et elle n'est pas mince : après des semaines de discussions et de va-et-vient avec le second étage où résidait l'état-major du groupe, nous abandonnâmes le titre choisi au moment du premier essai : *Télé pour vous*. Gaston Bonheur avait entre-temps trouvé une formule de lancement : « Sept quotidiens dans un hebdomadaire. » Ce qui me conduisit à proposer *Télé 7 Jours*. Je suis encore fier de voir, cinquante ans plus tard, mon logo fétiche trôner chez les marchands de journaux.

D'essai en essai, le projet prenait forme. Il prenait même des formes débordantes, si riches d'idées et d'inventions qu'il aurait fallu publier chaque semaine un épais volume pour en imprimer la moitié. Peu de journaux, il est vrai, ont dû voir tant de brillants cerveaux se pencher sur leur berceau et encourager si affectueusement le père de famille. Jean Prouvost, d'abord, qui retrouvait ses trente ans à l'idée de lancer un nouveau magazine, petit frère de *Paris Match*, regain de l'âge d'or de *Paris-Soir*. Hervé Mille, son Mazarin, Gaston Bonheur, le grand inspirateur du style maison, Roger Thérond, sorcier des images et de leur mise en scène, Pierre Lazareff enfin, le patron de *France Soir*, représentant de Hachette, le créateur de *Cinq Colonnes à la une* qui n'était pas fâché de retrouver, au côté de Jean Prouvost, les frissons de la grande épopée de *Paris-Soir*.

Un journaliste qui n'a pas au moins une fois dans sa carrière participé à la création d'un journal est sûrement à plaindre. Il lui manquera toujours de n'avoir pas connu la fièvre, l'enthousiasme et l'angoisse qui précèdent la sortie d'un premier numéro.

*
* *

Après l'inquiétude des débuts, je croyais ferme au succès de la formule mise au point sous ma direction. Encore fallait-il que le public partage cette autosatisfaction. Pourquoi des centaines de milliers d'inconnus se rendraient-ils chez le marchand de journaux pour acheter une nouvelle feuille que vous avez l'insolente audace de croire excellente ?

Nous n'eûmes heureusement pas le temps de nous poser cette question déprimante. Plus la date de la sortie approchait, et plus j'étais conscient des difficultés techniques qui nous restaient à surmonter. Notre mise en pages très sophistiquée des programmes posait des problèmes aux typographes qui devaient lutter contre le temps. La télévision nationale fournissait en effet à la presse ses programmes à la dernière minute, programmes qu'il fallait vérifier, compléter, rédiger, illustrer en moins de vingt-quatre heures. Je m'aperçus qu'en fait *Télé 7 Jours* devrait chaque semaine être « enlevé » au marbre comme un quotidien.

*
* *

Enfin, passé les affres de l'enfantement et l'angoisse de nuits sans sommeil, il était près d'une heure du matin quand le chef rotativiste de l'imprimerie du Louvre, celle où était jadis imprimé *Paris-Soir*, tendit l'exemplaire numéro 1 de *Télé 7 Jours* à Jean Prouvost et un autre à Pierre Lazareff venus, en journalistes, vivre dans l'odeur de l'encre et du plomb cet instant prodigieux.

En couverture, nous avions choisi Marie-Josée Nat, première vedette née de la télévision et devenue célèbre en quelques semaines avec *Les Gens de Mogador* qui inauguraient le cortège historique des séries télévisuelles. Elle était venue, elle aussi, découvrir son beau visage de brugnon méditerranéen briller sur le papier glacé de *Télé 7 Jours*.

Le lendemain matin, retrouvailles dans le bureau d'Hervé Mille. Daté du 24 mars 1960 notre « numéro 1 » n'était pas encore en vente. Il le serait le lendemain mais la promotion qui bénéficiait du soutien des deux grandes artilleries de la presse était déjà lancée. Depuis l'aube, Europe 1 et Radio Luxembourg annonçaient que « Télé 7 Jours multiplie par sept les joies de la télévision ». Des pages entières allaient proclamer la bonne nouvelle dans *Match*, *Marie Claire*, *France Soir*, *Elle*, *Le Journal du Dimanche*...

Tiré à 350 000 exemplaires et vendu 0,60 F, notre premier numéro trouva un peu plus de 300 000 lecteurs. C'était un joli coup mais la prudence engageait à la modestie. On achète, c'est bien connu, le premier numéro d'un journal par curiosité, pas forcément le deuxième. Mais la lourde machine *Télé 7 Jours* mise en route ne laissait pas le temps de penser à un plongeon. Alors que le public découvrait le premier numéro, le suivant était déjà en cours de fabrication.

Et le miracle se produisit. Le numéro 2 se vendit aussi bien et même mieux que le premier. Et le troisième encore mieux. Comme le quatrième et toute la ribambelle des suivants. Deux mois après sa création, *Télé 7 Jours* tirait à 400 000 exemplaires et dépassait le premier million en 1963. Le premier, car il y eut le second deux ans plus tard et même, ascension prodigieuse, le troisième million. *Télé 7 Jours* avait atteint un sommet où il planta son drapeau pour des années. Trois millions, ce fut le tirage le plus haut de l'histoire de la presse française. Un record qui n'a jusqu'à maintenant jamais été égalé.

*
* *

En 1981, peu après Jean Prouvost, j'ai tiré, en même temps qu'au journalisme, ma révérence à mon cher *Télé 7 Jours*. Une belle aventure tout de même pour le jeune homme en culotte de golf, pigiste à la rubrique vélo !

Table

Avant-propos de l'éditeur	7
Paris-Soir chrono	9
Capoulade	29
Du côté de chez Éluard	39
Le zouave	47
Le chat du *feldwebel*	53
Des punaises, *Herr Oberst* !	61
La charrette des Russes	67
Impresario	71
Faits divers	83
À moi Toutankhamon	97
Chez le pape avec Mendès	101
Les photographes de *Match*	111
La chèvre de monsieur Chagall	121
Marcel Aymé, mon sauveteur	131
Monsieur Jean Prouvost	135
Et la lumière fut	143
Le juif errant de la peinture	147
Une photo contre l'habit vert	157
Mon amie Tchérina	165
L'extravagant Dali	173
L'aventure *Télé 7 Jours*	183

9061

Composition
NORD COMPO

*Achevé d'imprimer en Espagne
par* ROSES
le 7 septembre 2009.

Dépôt légal septembre 2009.
EAN 9782290017951

ÉDITIONS J'AI LU
87, quai Panhard-et-Levassor, 75013 Paris

Diffusion France et étranger : Flammarion